魔豆

U0084362

魔豆

天罪——著

明明是魔族的我，為什麼變成了拯救人界的英雄？ vol.4

目錄

克拉蒂
精靈
人
智骨
骷髏
魔
克勞德
牛頭人
魔

CHARACTERS

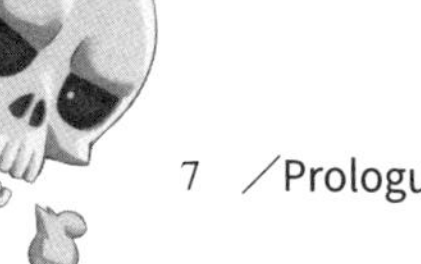

Prologue

正義之怒要塞司令部的會議室裡籠罩著一股嚴肅的氛圍。

雖然在大部分魔界軍士官兵眼中，軍隊高層盡是一些打混摸魚有如呼吸般自然的薪水小偷，但必要的時候，他們也會認眞工作。

正義之怒要塞司令雷歐、超獸軍團長黑穹、魔道軍團長桑迪、不死軍團長夏蘭朵、狂偶軍團長無心，五大巨頭如今齊聚一堂，討論如何應對今後的嚴苛局面。

「不管怎麼說，情報果然還是不足啊。」

雷歐嘆息著說道，爲先前長達一小時之久的會議作出結論。

「就算知道人界軍還有隱藏的高端戰力，但在沒有更多情報支持的狀況下，我們很難擬定有效的應對方針。」桑迪接著說道，其他軍團長紛紛點頭附和。

只要稍微有點軍事常識，就知道情報在戰爭中的重要性。

無論哪種規模的戰鬥，情報都是左右勝負的關鍵因素。只要能夠比敵人掌握更多有效訊息，以弱勝強、以寡擊眾也不是不可能的事，反過來說，哪怕己方兵多將廣，一旦在情報方面落入下風，敗北風險就會大幅提高。

就在上個月，由於某位天才不死生物的努力，正義之怒要塞獲得了一項至關重要的情報，那就是人界軍近期內很可能大舉來襲，而且戰力等級恐怕遠超從前。

然而人界軍會派出多少兵力？哪些部隊參戰？有多少高端戰力？將採取何種戰術？這些問題魔界軍全都不清楚。嚴格說來，這樣的情報有跟沒有一樣。

先前半小時的會議裡，雷歐等人大多是在確認正義之怒要塞硬體防禦系統的完整性、各項物資儲備、軍隊訓練程度，以及士氣方面的問題，只是等到商討具體戰略與戰術方針時，所有人都沉默了。

五人都是身經百戰的將領，他們很清楚在情報不足的情況下擬定的策略與計畫，不僅容易白費力氣，甚至可能反過來加速己方的落敗。

「……總之，先從已知的部分推測吧。無心軍團長，你的分身曾與人界軍強者交手過，可以用那個作爲計算基準嗎？」

「恐怕不行。」

面對雷歐的提問，無心斷然回答。

「根據先前收集的資料，與我分身戰鬥的人，應該是一位名叫豪閃．烈風的獸人劍聖。根據拉蒙．炎金的說法，那人在人界軍高端戰力中應屬末流，無法當作參考。」

當初拉蒙．炎金在吹噓人界軍的高端戰力陣容時，唯獨略過獸人不提，這是因爲矮人與獸人的關係近幾年來相當緊張，因此拉蒙根本不想幫獸人講話，這也造成了雷歐眾魔的誤解，以爲獸人劍聖在人界軍算不上厲害角色。

「當時你是用哪個分身跟豪閃．烈風戰鬥的？」

「軍禍四式。」

「指揮特化型嗎？這樣的確很難當作參考……咦？我記得你之前明明跟觀察團說可以的啊？」

「只是在敷衍他們而已。」

無心面不改色地回答，眾魔聽了紛紛點頭叫好。

在那種情況下，把觀察團哄回魔界才是最優先事項，其他問題可以等之後再說。

「不過你爲什麼不用戰厄型號跟對方交手？軍禍型號的話，就算是人形的我也打得贏。」

黑穹不解地問道。

無心有眾多分身，根據用途可細分成許多類型，其中軍禍是專門爲了指揮軍隊而製造的型號，擁有高速計算、廣域視野、強力思念波等特性。戰厄則是單體戰鬥專用分身，一旦無心拿出最新的戰厄型號，就算是變回黑龍原形的黑穹也拿他沒辦法。

「因爲當時我正忙著指揮軍隊，沒料到竟會有人突破側面的友軍，直接朝我殺過來。」

「側面友軍是誰？」

「魔道軍團。當時他們因爲炸到自己人，陣勢變得混亂。」

眾魔轉頭看向魔道軍團長，桑迪有些尷尬地咳了兩下。

魔界八大軍團中，魔道軍團可說是適應性最高的部隊，借助魔法的力量，魔道軍團無論面對怎樣的戰場都能發揮強大的戰鬥力。這支部隊唯一的缺點是那些魔法師一旦情緒高漲就會亂扔魔法，把指揮官的命令當作耳邊風。

「戰場上什麼事都有可能發生。與其回首過去，不如展望未來。對於眼前的問

題，我有一個計畫可供諸位參考。」

聽到桑迪說已經想出策略，眾魔頓時精神一振。

「簡單來說，問題的重點其實在於情報不足。所以我建議像上次一樣，派人潛入敵陣收集情報。」

桑迪的計畫乍聽之下似乎了無新意，但在場眾魔皆是聰敏之輩，很快察覺到其中的關鍵之處。

「……桑迪軍團長，你說『像上次一樣』？」

「是的，司令官大人。就是『像上次一樣』。」

「像上次一樣啊……」

「像上次一樣嗎？」

「像上次一樣，原來如此。」

眾魔紛紛點頭。眼見似乎無人反對，桑迪進一步說明。

「時間限定六十天，目標是讓我軍精銳接觸人界軍高層，收集有關人界軍高端戰力的情報。幸好上次的作戰已爲我們鋪開了一條路，這次應該會更加順利吧。」

雖然沒有特別指名道姓，但眾魔都知道桑迪口中的「我軍精銳」指的是誰。那是一個誕生僅僅一年，就已獲得無數功勳與榮譽的天才不死生物，其智謀之高、城府之深，絕不遜於在場眾魔，甚至有過之無不及。

「如果是他，應該可以成功。」

「他從來沒讓我們失望。」

「附議。」

「畢竟是我創造的最高傑作嘛，哦呵呵呵呵！」

司令官與其他三大軍團長盡皆贊同，桑迪用欣慰的語氣說道：

「很高興大家這麼快就取得了共識，既然如此，就讓我們進行下一步，也是最重要的一步——為這個計畫取個好名字。」

桑迪邊說邊從袖子裡面取出一個卷軸，然後緩緩打開。

「我打算把它取名為『由於魔道軍團長桑迪努力工作而誕生的人界軍情報刺探大作戰』，各位——為什麼要燒掉啊啊啊啊啊！」

桑迪的話還沒說完，雷歐便面無表情地從指尖噴出火焰，將桑迪手中的卷軸化為

灰燼。

「名字太長，而且品味也太差。」

雷歐吹熄指尖的火苗，然後用魔力在空中寫出一行魔界文字。

「還是用『在英明睿智的雷歐司令官指導下所完成的人界軍情報刺探大作戰』比較適合——別撕啊啊啊啊啊啊！」

雷歐話還沒說完，空中的魔力文字便被黑穹徒手破壞了。

「你的品味也沒比黑殼蟲好多少。」

黑穹先是一臉嫌棄地說道，然後手指在桌面上鑿字。

「要差遣我的部下去工作，名字當然由我來取。就用『溫柔體貼美麗優雅的超獸軍團長黑穹』——我還沒寫完耶！」

黑穹的字還沒鑿完，整張桌子便被夏朵蘭用魔法變成了沙礫。

「你們三個的品味一樣垃圾。而且什麼叫『妳的部下』？別忘了他的創造者可是我喲。」

夏蘭朵一邊用不屑的目光看著暴怒的黑穹，一邊操控那堆沙礫在地上排出文字。

「還是『在天生麗質的不死軍團長夏蘭朵支持下才出現的人界軍情報刺探大作戰』最貼切——幹嘛吸掉啦！」

夏蘭朵不滿地瞪著無心，後者的左掌不知何時冒出一個圓洞，吸走了全部沙礫，接著他的右掌也同樣冒出圓洞，朝天花板射出一根標槍。標槍上捲著一圈白布，標槍固定後，白布便唰啦一聲往下垂落，露出了「由於天天工作永遠沒有休假的狂偶軍團長無心的全力協助才完成的人界軍情報刺探大作戰」一排大字。

當然，這條白布下一秒便被眾魔合力剿滅，然後大家開始爭執這個作戰計畫究竟該取什麼名字。

能夠爬上名為權力的金字塔高層，在場眾魔自然不是天眞純潔之輩，除了深諳爭功諉過、偷奸耍滑、栽贓嫁禍、打混摸魚等職場技能外，他們更懂得如何判斷勝利的風向。就連一貫腹黑的桑迪都想冠上自己的名號，可見這個作戰計畫的成功率之高與重要性之大。

這場淪為冠名決定權的變質會議就這樣持續了整個下午，直到天黑才落幕。

01.
魔界軍的作戰

時間邁入八月。

白灼的太陽在天空肆意揮灑熱力，根據人界曆法，此時正值高溫少雨的炎夏，然而正義之怒要塞卻迎來了一場長達三天的超級暴風雨。

在魔界軍的正式編制裡，有著「氣象觀測官」這麼一個奇特的職位。天氣會嚴重影響軍事行動，尤其是在環境與氣候複雜多變的魔界，經常會出現龍捲風或硫酸雨之類的自然災害，因此每支獨立部隊都會配置一位氣象觀測官。

由於是用魔法預測天氣，因此在沒有外力干擾的情況下，準確率接近百分之百，此外氣象觀測術式屬於軍事機密，保密等級極高，距離禁術只有一步之遙。

正義之怒要塞身為前線基地，配置於此的氣象觀測官自然是一流好手。可惜這位一流好手沒有預測到這場暴風雨，導致要塞陷入淹水的窘境。

瀑布般的豪雨從鉛灰色的天空傾瀉而下，降雨量很快超過排水系統的極限，雖然緊急動員魔道軍團干涉天氣，但事發突然，許多發動氣象干涉魔法必要的材料都因泡水而失效，最後全軍只能盡量把重要物資與設備轉移到高處，以免造成更大損失。

暴風雨停止後，正義之怒要塞駐軍所面對的便是令人頭痛的善後工作。

「該怎麼說呢……我老家的倉庫已有五十年沒整理過，我當時還以為世上不會有比我老家倉庫更糟的地方了。」

看著淹水過後的副官辦公室，克勞德發出沉重的嘆息。

整個房間到處都是漂流物、淤泥與垃圾，情況只能用慘不忍睹來形容。不只這間辦公室，整個正義之怒要塞都是類似情況。

「氣象觀測官究竟在搞什麼？偷懶也要有個限度吧？這是瀆職！我要投訴他！」

「投訴他啡！在那之前記得先揍一頓啡！」

金風與菲利大聲咒罵氣象觀測官，他們倆的宿舍位於一樓，被水淹得徹底，這兩天都借宿在智骨與克勞德那邊。

像金風與菲利這樣滿腹怨氣的士官兵還有很多，如果每人都要送氣象觀測官一拳，恐怕排隊打上三天三夜都打不完。

「其實不能怪他，這場暴風雨好像是此地的特殊現象，完全無法預測。」

智骨為氣象觀測官緩頰，並且說明原因。

「這裡接近『門』，不但元素密度高，流動也很混亂，氣象觀測術式的準確率會

大幅下降。而且在高密度元素環境下，天氣容易出現劇變，魔界不是有很多這樣的地方嗎？你們應該經歷過吧？」

與智骨這個出生只有一年的骷髏不同，克勞德等人都是從軍資歷五、六年的老兵，以前就在魔界四處征戰奔波，理應習慣了這種事。

「不一樣。在魔界，進入那種地方之前上面都會事先知會，好讓我們做準備，我們都會先把重要的東西裝箱收好。」

「這次我們可是損失慘重啡。我囤了很久的酒釀紅蘿蔔全部報廢了啡！」

金風與菲利說著說著，眼眶竟泛出了淚光，可見這次的損失有多讓他們心痛。

「智骨，你說這裡很容易出現異常氣象，可是我們之前都沒遇過啊？」

克勞德疑惑地問道。奪下正義之怒要塞後，四大軍團已在此地駐守了一年之久，一直沒有遭遇過異常氣象。

「因爲戰爭的關係。先前大戰時，因頻繁發動大規模魔法，稀釋了這裡的元素密度，一年沒打仗，現在元素密度又變回來了。」

「……意思是，接下來這種垃圾天氣會經常出現嗎？」

「也不算經常，是偶爾會出現。」

克勞德三人不禁抱頭哀號。

「好了，快動手吧。時間不夠了。」

智骨一邊捲起袖子一邊催促同僚，他們的頂頭上司有令，今天之內一定要把整個營區清理乾淨。

如果是人界軍，這是一項不可能的任務，但身爲魔族的他們能辦到，只是心情上會覺得很麻煩而已。

「啊啊，沒錯，是該動手了。我去拿裝垃圾的袋子。」

金風邊說邊轉過身。

就在這時，金風的肩膀上多出了一隻手掌，是克勞德。

「等等，你要去哪裡？」

「剛剛不是說了？拿垃圾袋啊。」

「我去拿。」

「咦？」

「你想趁機溜掉對吧？」

「啥？你在說什麼啊？」

「別裝了，金風。你在打什麼主意我很清楚。袋子我拿就好，你留下來乖乖收拾。想要準時下班，大家一起整理才是最有效率的，別想獨自偷跑。」

克勞德目光銳利地瞪著金風，那張以人類標準來說堪稱俊朗的臉孔露出了認眞的表情。

如果大家一起動手，一定可以在下班前收拾好辦公室，但只要少一人，所需時間就會大大延長。

數量就是正義——這句話適用於很多場合，包括打掃。

「什、什麼啊！這麼說的話，你不是也一樣嗎？誰能保證你不會趁機偷溜！」

「我不會。我的品格跟你不一樣，值得信賴。」

不，你們兩個是一樣的，不值得信賴。智骨忍住吐槽的衝動，同時暗暗反省自己的天眞。

他差點忘記自己的同僚都是些什麼樣的貨色了。這些傢伙的身體裡可是流著名爲怠工的血液，從出生就將偷懶這個詞融入靈魂之中，立誓要將薪水小偷當作終生職業的魔族啊！

如果不是拿垃圾袋只需要一個人，克勞德與金風肯定會手牽著手，開開心心地一起出門拿袋子，然後一去不復返。

就在這時，一旁的菲利突然單膝跪地，只見他雙手緊壓自己的胸膛，露出痛苦的表情。智骨驚訝地看著他，克勞德與金風也停止了爭吵。

「菲利，你怎麼了？」

「病……發作了……」

菲利聲音顫抖地說道。他臉色蒼白，額頭滿是冷汗。

「怎麼回事？哪裡不舒服嗎？」

智骨連忙問道。克勞德與金風同樣投來關心的視線。

「這是……舊疾……從以前就有……只是吃藥控制住了……沒讓你們發現……我去一下醫院就好……這裡……就拜託你們了啡……」

菲利露出虛弱的微笑，搖搖晃晃地站了起來。下一秒，兩把椅子從後方砸了過

來，菲利猛力一跳，閃過牛頭人與多尾狐的偷襲。

「動作很快嘛，一點也不像是病人。」

「別裝了，不然下次扔過去的就不只是椅子了。」

「……呵，被看穿了嗎？不愧是你們，觀察力果然驚人。」

克勞德、金風與菲利互瞪彼此，三人都露出了屬於戰士的眼神。

「事到如今，解決問題的方法只有一個了。」

「哼，早就該這麼做了。」

「就按照超獸軍團的傳統，用實力決定唄。」

下一刻，三人同時大吼。

「垃圾袋由我來拿啊啊啊啊啊啊啊啊啊啊啊啊啊啊啊啊啊啊！」

就在克勞德、金風與菲利碰撞的瞬間，一股巨大風壓以三人為中心向四周爆發開來。智骨雖然及時用雙手護住頭部，但身體依舊被吹飛出去，然後撞上牆壁墜地。

怎麼可能！他們竟然有這麼強的力量，只是肉體的碰撞就足以製造出這種等級的衝擊波？

被吹飛的智骨訝異萬分，心想莫非自己太小看同僚了？這些傢伙的軍銜與自己一樣是尉官，但其實實力堪比校官？

智骨連忙從地上爬起，這時戰鬥已經結束。

只見克勞德的拳頭印在金風臉上，金風的拳頭陷入菲利的臉，菲利的拳頭擊中克勞德的臉。三人竟漂亮地營造出「同時擊中敵人，卻又被敵人擊中」的精彩畫面。

「厲……害……」

「不愧是……我的宿敵啊……」

「太遺憾了……啡……」

三人各自留下一句簡短的遺言，然後同時倒下，簡直像事先約好的一樣。

「……所以，最後變成由我一個人整理嗎？」

智骨面無表情地低聲呢喃。他發現自己並不是低估了同僚們的實力，而是低估了這些傢伙的卑鄙。

就在這時，一名高壯士兵突然出現在副官辦公室門口。

「報告！上兵阿莫，請示入內——嗚哇，怎麼回事？」

看著倒地不起的克勞德等人，黑穹直屬的傳令兵阿莫一臉困惑地問道。智骨沒有回答，只是反問對方有什麼事。

「軍團長找您。」

「知道了，我現在就去。」

「那他們三個……」

「不用管他們——不，麻煩幫我拿個垃圾袋，把他們裝進去扔掉。」

智骨用冷酷的聲音說道。

智骨面無表情地看著擺在桌上的計畫書。

紙張這種東西在魔界屬於貴重品，原因在於保存不易。魔界環境相當嚴苛，氣候變化極端且劇烈，有些地方明明僅有一山之隔，溫差卻能高達三、四十度；有些地方明明今天還艷陽高照，明天就颳起暴風雪。這種溫濕度急遽變化的現象，極度不利於紙張保存。

除此之外，有的魔族身體表面會分泌黏液，有的魔族體溫高到會冒火，有的魔族天生自帶腐蝕能力，若把使用者的個別情況也考量進去，紙張絕對不是優秀的資訊載體。

當然，只要利用魔法工藝，上述的問題就不再是問題，但這麼一來製造成本會大幅上升，因此在魔界，一般資訊記錄都不會用到紙張，最經濟實惠的資訊載體是一種特殊植物的葉子，這種特殊植物乃是樹妖一族的特產，為樹妖一族賺進大把大把的魔晶幣。

然而自從魔界軍奪下正義之怒要塞，並在倉庫找到大量紙張後，上述情況開始有了改變。

人界紙張便宜量大又好用，人界的氣候也適合紙張保存，因此正義之怒要塞內的公文往來逐漸以紙張作為主要載體。有許多魔族擔心以後回到魔界，恐怕再也無法習慣紙張以外的東西——以上憂慮，大多來自負責處理文書事務的士官兵。

眼前這份厚達百頁的計畫書，如果用魔界紙張撰寫，足以燒掉智骨十年的薪水。放在以前，這種厚度的計畫書大概會用上傳訊珠，如今卻變成了一疊薄紙，只能說由儉入奢果然容易。

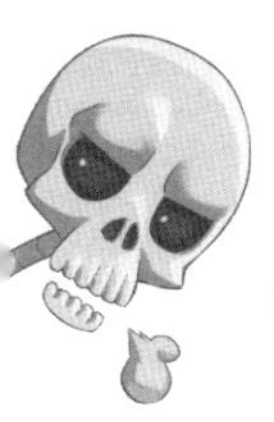

然而此時的智骨沒心情感嘆這種變化，而是試著辨認眼前這份計畫書的封面文字。

「愛……拯救……禁忌……命運……作戰……」

「是『臉紅心跳・用愛拯救魔界・跨種族禁忌之戀・絕對命運大作戰』啦。」

坐在辦公椅上的黑髮軍裝美少女幫智骨唸出了全名。

這名身材嬌小、五官精緻的美麗少女正是魔界八大軍團之一・超獸軍團的最高指揮官，邪龍黑穹。她的眞面目其實是體長超過五十公尺的黑龍，眼前這副少女身姿是用魔法道具變化的結果。

如今的黑穹看似無害，但依舊擁有隨手一擊就能粉碎岩石的實力，若因外貌而心生輕視，對她出言不遜的話，結果肯定會非常淒慘。

「感謝您的指正，黑穹大人。」

智骨的視線從計畫書封面移到黑穹身上。

「只是，屬下不明白爲什麼要我收下這份計畫書。」

「嗯？剛才不就說過了？因爲你要負責執行這個作戰計畫啊。」

「……您的意思是，由屬下指揮這個作戰？」

「不對，指揮官是我。部隊成員是你、克勞德、金風和菲利……嘛，就跟上次間諜作戰的成員一樣。」

「請問屬下在本次作戰中擔任的職務是……？」

「看就知道了。」

黑穹懶得說明，用下巴指了指計畫書，於是智骨帶著不祥的預感把它從桌上拿起來翻閱。在看到「——所以要讓甜蜜拉拉（智骨）勾引人界軍的權力者，刺探對方高端戰力的詳細情報。」這段話時，他忍不住把計畫書用力砸向地面。

在上級面前做出這種失禮行爲，正常來說肯定會遭受嚴懲，但超獸軍團並不正常，黑穹也不是會在意這種事的長官。

「其實在決定計畫名稱的時候，我們打了——不，是討論了很久。」

黑穹一邊閉眼回憶當時的情形，一邊抱胸說道：

「大家都堅持要幫忙取名，可是除了我以外的傢伙，品味全都太差了。最後是在我的極力爭取下，才折衷取這個名字。」

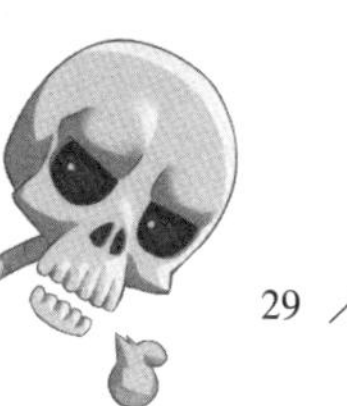

我才不想知道這種事！而且極力爭取了還會出現這種名字，代表妳的品味也高不到哪裡去！智骨忍住吐槽的衝動，用顫抖的聲音問道：

「請問這個作戰的提案者是誰？」

「黑殼蟲。」

果然是那個王八蛋！智骨差點罵了出來，幸好不死生物特有的情緒抑制能力及時發揮作用，令他不至於犯下辱罵上級的罪行。不過就算他眞的罵出來，除了被侮辱的當事人，其他魔界軍長官聽了大概只會拍手叫好——那位魔道軍團長就是如此地討人嫌。

這時，智骨腦中閃過一道靈光。

不久前，智骨突然莫名其妙地被魔道軍團長夏蘭朵給改造了，事後對方留給他一條訊息，提到這個改造與日後的祕密任務有關。難道就是這個任務？魔界軍高層從那時就在計畫這種事了嗎？

智骨一邊在心中詛咒那些該死的長官，一邊試著做出反抗。

「那個，黑穹大人，難道您覺得這個作戰會成功嗎？恕屬下直言，這個作戰的成功率——」

「你的工作就是想辦法讓它成功。」

「不，屬下也很想讓它成功，但唯心主義與精神論並不是——」

「這是命令。」

「……是。」

這就是隸屬科層組織的悲哀，上級提出要求，下級往往沒有拒絕的權利，無論再怎麼荒謬的工作都必須接受。智骨只能吞下苦心編好的托詞，沮喪地收下了作戰計畫書。

💀💀💀

座落於正義之怒要塞的超獸軍團軍官宿舍，乃是一棟五層樓高的大型石砌建築物。在正義之怒要塞仍被人界軍支配時，這裡原本是集合式平民住宅，不僅堅固耐用，而且可容納高達五十戶之多的居民。

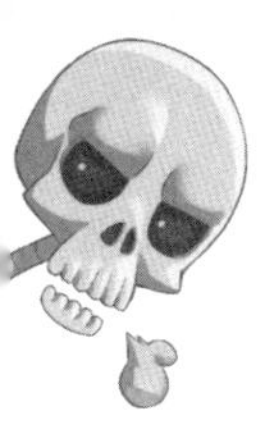

類似的建築物在正義之怒要塞內比比皆是，魔界軍攻下此地後，原本這些硬體設施都是要被拆除的，但由於桑迪的體型縮小化計畫而獲得保留，後來又因智骨的人類補完計畫得以發揮最大效益。可惜魔界軍並未因此節省多少預算，這是因爲那些魔晶幣全被魔道軍團以製造縮小道具與人化道具的名義賺走了。

智骨的宿舍房間位於最高的五樓，這天晚上，克勞德、金風與菲利全都聚集於此，研究上面強塞給他們的間諜任務。

之所以會選在智骨房間，是因爲金風與菲利的房間還沒擺脫淹水後的慘況，而克勞德的房間則亂到塞不下四個人。

原本克勞德等人以爲這只是一場單純又輕鬆的聚會，所以興沖沖地帶了食物跟酒過來，等智骨將那疊厚厚的計畫書扔到他們面前時，三人的表情就像是偷懶被黑穹抓到一樣，充滿濃濃的絕望。

「竟然又來了啊！」

「上面是白痴嗎？去找幽影軍團啦！專業的工作就該交給專業的魔族去做！」

「會死啡！這樣一定會死啡！」

克勞德三人抱頭哀號，滿地打滾。智骨能夠體會他們的心情，當初自己被告知任務內容時，內心也是如此絕望，所以他絕對不會安慰他們，因爲當時也沒人安慰他。

「好了，今天把你們叫過來，就是爲了研究如何完成這個任務。你們應該很清楚吧？黑穹大人這次也會跟我們一起去，要是任務失敗，恐怕不用等到回來受審，我們當場就會被暴怒的黑穹大人解決掉。」

欣賞了同僚們大約三十分鐘的淒慘表現後，感覺內心受到治癒的智骨低聲說道。

克勞德三人聞言頓時收住哭聲，然後開始瑟瑟發抖，他們似乎陷入了什麼恐怖的想像，自言自語起來。

「親愛的父親與母親……很高興你們把我生到這個世上……原諒兒子不孝……」

「克勞德，請別現在就在思考遺書的內容。」

「約會……最後的約會……米妮……安琪拉……雪莉……藍星……夏綠蒂……」

「你對『最後』的定義太廣泛了，金風。」

「冰啡冰啡……冰啡啡啡啡……」

「抱歉菲利，我聽不懂。」

智骨逐一吐槽同僚，接著用魔法製造一團寒氣砸向他們的臉。

「振作一點！事到如今我們只能想辦法完成任務。拿出幹勁吧，如果不想死的話。」

寒氣刺激下，克勞德三人總算清醒一點。他們心不甘、情不願地點了點頭，然後拿起計畫書仔細研讀。

「……臉紅心跳・用愛拯救魔界・跨種族禁忌之戀・絕對命運大作戰？」

「……以甜蜜拉拉為核心？」

「……色誘啡？」

克勞德三人抬頭看向智骨，眼神充滿同情。

「看來你也很辛苦啊……」

「不知為何，總覺得心情清爽了一點？」

「我能理解啡。」

據說讓人滿足現狀的最好方法，就是看到有人比自己更加不幸。這個理論顯然不假，因為克勞德三人的心情確實變好了一點。智骨撇過頭去，假裝沒聽見剛才那些話。

「等等，智骨，這個『吐司撞擊戰術』是什麼意思？爲什麼咬著吐司在街上撞人，就能得到男性的好感？」

過不久，克勞德一臉困惑地問道。

「我也不清楚。這或許是人界的某種習俗，也可能是什麼魔法儀式。」

「這種方法眞的有用嗎？」

「這是桑迪大人根據圖書館資料所設計的，應該不會有錯。」

「人界眞是個奇怪的地方。」

先前曾經提過，「書」這種東西在魔界非常珍貴。

由於珍貴，所以魔界書本只會記錄有用的、眞實的、確定的資料，正因如此，魔界沒有故事書這樣的東西，更別提小說這種充滿幻想氛圍的書籍了。事實上包括桑迪在內，所有魔界軍都將小說視爲一種紀實文學，書裡記錄人界曾發生過的歷史事件。

正義之怒要塞圖書館因其特殊性，館藏書籍正好以小說類居多。因此根據正義之怒圖書館資料所設計的作戰計畫內容會是怎樣，不言而喻。

「只能咬吐司嗎？魚或肉不行嗎？」

「撞完人之後的幸運色狼分支路線……摸胸……露內褲……接吻……什麼意思啡？」

不只克勞德，金風與菲利同樣看得滿頭霧水。見到三人的表情，智骨臉色沉重地點了點頭。

「很深奧吧？我也看不懂，所以才找你們過來一起研究。這本計畫書裡列了十七種好感度提升戰術，絕大部分的原理我都無法理解。」

克勞德三人翻到了智骨所說的地方，一堆從沒聽過的嶄新名詞頓時映入眼簾。傲嬌、傻白甜、腹黑系、元氣型、轉學生、喪失記憶、不治之症、青梅不敵天降、原來大家是親戚……各種專業術語看得他們眼花繚亂。

「啊，最後面有名詞解釋，要對照著看才行。」

「早說嘛！我看看……嗯……嗯嗯……嗯？這個跟這個是不是有點自相矛盾？」

「夏日三神器……海灘、泳裝、防曬油……等等，這附近都是山吧？哪裡有海？」

「爲什麼發生意外事故就會提升好感度？車禍、墜崖、火災、溺水、跟蹤狂、樓梯跌倒、鞋子放圖釘、廁所門被反鎖……事故的等級差距會不會太大了啡？」

看完附錄的名詞解釋，克勞德三人變得更加困惑，只能感嘆不愧是桑迪親手撰寫的作戰計畫，像他們這般庸俗的魔族根本看不懂。眾魔研究了半天，最後仍是一頭霧水。

「智骨，我覺得我們之所以看不懂，是因爲這本計畫書的水準太高了。最好還是先從鞏固基礎著手。」

克勞德用疲憊的聲音說道。

「基礎？什麼基礎？」

「說穿了，這個作戰計畫的核心就是色誘吧？那你去請教這方面的專家不就好了。」

「色誘的專家……」

智骨低聲呢喃，腦中立刻閃過了某個魔族的名字。

魅魔是個神奇的種族。

這個外表酷似人類的魔界種族擁有與生俱來的奇特魅力，能夠輕易激發智性生命的好感。這種魅力的影響力跨越了性別與種族、立場與善惡、審美觀與價值觀，令實力相對孱弱的魅魔一族得以在強者如林的魔界中立足，令他們在外交、談判、情報收集等須與他人交涉的領域裡，能輕鬆立下耀眼的功績。

魅魔一族很清楚自身優勢爲何，同時也不斷琢磨這份優勢。魅魔們總是儘可能保持光鮮亮麗的形象，哪怕爲此犧牲提高力量或學識的機會也在所不惜，他們非常清楚，那些東西都沒有臉來得重要。

顏值即正義——這就是魅魔一族的座右銘。

然而凡事總有例外，即使是魅魔一族，也有完全不把外表當一回事的叛逆分子。

那位魅魔的名字叫愛麗莎，魔界軍上尉，目前擔任魔道軍團長副官一職。

愛麗莎的同僚們從來沒看過她化妝，這位魅魔總是頂著又大又深的黑眼圈，頭髮乾枯雜亂，皮膚粗糙有細紋，經常穿著明顯好幾天沒洗的縐衣服。平時雙肩下垂，背脊彎曲，彷彿揹負著什麼堪比宿命的無形之物，徹底顛覆了世人對魅魔的印象。

曾有人詢問愛麗莎為何老是維持如此邋遢的形象，結果得到了對方的怒吼。

「我也想每天打扮得漂漂亮亮，做一些只要聊聊天、撒撒嬌就能搞定的工作呀！不對，那才是最適合我的工作！那個垃圾上司，根本不懂什麼叫適才適所！」

……是的，愛麗莎並非自願，而是被迫成為一位不像魅魔的魅魔。

魅魔一族的魅力對魔道軍團長桑迪完全無效，無論再怎麼懇求、撒嬌或賣慘，那位黑暗主教依舊不改偷懶作風，把所有工作全都扔給自己的副官處理。面對那龐大到令人絕望的工作量，愛麗莎只能忍痛捨棄化妝打扮的時間。

至於擺爛這個選項從一開始就不存在，桑迪的腹黑程度可是魔界有名，要是因為怠工惹得他不爽，後果肯定比死還慘。她唯一的解脫之道，就是等法定服役年限屆滿，然後離開軍隊重獲自由。

就這樣，愛麗莎在邪惡勢力的壓迫下，成為一位不像魅魔的魅魔，過著每天早上都要確認一遍自己何時可以申請退役的軍畜生活。

「請妳教我如何成為魅魔！」

這天，愛麗莎一如往常在辦公室處理堆積如山的文件，結果智骨突然跑來對她如

此說道。

「……你在諷刺我嗎？還是在挑釁？我們現在去外面，老娘保證把你打成碎片，三天三夜都拼不回來的那種。」

愛麗莎一臉倦意地說道，平靜的聲音下潛藏著汪洋般的殺意。

「不，妳誤會了。因爲某些原因，我必須變成像魅魔那樣的魔族。」

智骨連忙解釋。礙於保密原則，他無法透露作戰計畫的內容，只能用模糊的說法帶過。幸好愛麗莎足夠聰明，猜到眼前的不死生物大概又被捲進了什麼奇怪的麻煩之中。

「魅魔的誘惑術是建立在天賦能力上的特化技術，沒有那種能力的魔族是學不來的。」

愛麗莎一邊嘆氣，一邊說明。

「總有不需要天賦能力也可以學習的部分吧？比如說話方式或儀態步法什麼的。」

「沒用的。那種東西沒有共通的範本或套路，每個魅魔的魅惑術都不一樣。用你能聽懂的說法，那就跟元素適性差不多，火元素適性的魔法師不會跑去學水元素魔法，而你的情況是『從一開始就沒有元素適性』。」

「這麼嚴格嗎？」

「當然。不然你以爲魅魔一族爲什麼可以在魔界混得這麼好？這就是技術壟斷。」

「我覺得技術壟斷這個名詞不應該用在這種地方……」

「少囉嗦。想學如何勾引異性，應該去找你家金風。他交過的女朋友多到可以成立一支大隊。」

「不，我想勾引的不是異性……不，也不對……應該還是異性沒錯……？」

因爲是用甜蜜拉拉的身分色誘男人，換個角度來看，這也算是一種「勾引異性」，可是智骨總覺得哪裡怪怪的。

「你想勾引同性？」

愛麗莎聞言倒吸一口冷氣，然後表情嚴肅地打量智骨。

「我似乎太小看你了，智骨。沒想到你竟然有那樣的志氣跨入那個領域。不死生物的禁斷之戀……我還是頭一次聽到……抱歉，問個私密的問題，你是攻方還是受方？骷髏應該攻不起來吧？還是說你們有獨門做法？比如把骨頭拆下來戳對方之類的……」

「雖然不知道妳在說什麼，但我要做的事肯定跟妳想的不一樣。」

智骨斷然否認。不知道是不是錯覺，他總覺得愛麗莎剛才的話裡蘊含著某種有如無底深淵般的東西，要是隨便接觸，恐怕會被拖入恐怖的世界。

「如果妳沒辦法教我，可以幫我介紹這方面的專業人士嗎？為了接下來的任務，我必須盡快學會這些技巧。」

「抱歉，我幫不上忙，請你另找高明。」

於是智骨遺憾地離開了，愛麗莎則是在智骨離開後，重新拿出那本記錄自己服役日期的小冊子，確認自己還要多久才能退伍。這種會讓不死生物玩男男的鬼地方，越早離開越好。

人脈是解決問題的好方法。

自己做不到的事，就拜託做得到的人去處理，這毫無疑問是一種同時兼顧了效率與效能的手段。正因人脈如此重要，所以在評估一個人的存在價值時，往往會把對方的人脈列入考量。

就這點來看，智骨的存在價值並不算高，因爲他的人脈意外地少。

基於職位之故，智骨能與將官階級的魔族搭上話，但最多也就只能做到這樣，既沒辦法請求別人做些什麼，別人也不會請求他做些什麼。

然而這也是沒辦法的事，不死生物跟其他種族之間本就不容易建立交情，更何況智骨誕生的時間僅有一年，根本沒時間累積人脈。

於是，在愛麗莎拒絕了色誘異性的教導請求後，智骨一時竟找不到可以幫忙的人選，最後只能拜託比較熟悉的女性魔族。

「——就是因爲這樣，請教我如何勾引男性。」

智骨一邊低頭懇求，一邊奉上禮物。

舊書店「醇酒屋」的老闆娘一臉爲難地托著臉頰，女店員則是坦然地收下禮物。

「了解。智骨先生是老顧客，爲了感謝您長期以來的自殺式消費，小貝莉願意全力協助你。」

「呃，謝謝，不過我比較希望是老闆娘教我，據我所知，構裝生物在這方面有點……」

「請放心，正因爲小貝莉是二手貨，所以這方面的經驗非常豐富。」

「不，我在意的不是這個。」

「請問您想挑戰哪種難度？目前有困難、死亡、深淵、絕望、永劫五個模式可供選擇。每通關一種模式都可以得到對應的獎杯，集滿五個獎杯可以獲得稱號與紀念品。」

「這種事有困難到需要用永劫來形容嗎？而且一般說來應該還有『簡單』跟『普通』的選項吧！」

「因爲智骨先生一無是處，所以最低也要從困難模式起步。建議您解鎖課金系統，透過儲值降低難度。」

「啊啊，夠了，妳的心意我很感激，但我不需要妳幫忙。」

「小貝莉感到非常遺憾，原來智骨先生是一個懦弱的不死生物，缺乏挑戰的勇氣。不過沒問題，就算智骨先生是個廢物，只要繼續消費，小貝莉還是會像以前一樣歡迎您。」

「請閉嘴，算我求妳了。」

遭到惡毒言語洗禮的智骨一臉疲憊地請求對方住口，於是貝莉轉身繼續掃地。擺脫了腦袋有問題的店員後，智骨的目光投向老闆娘。

「……我就不問你爲什麼想學這些東西了，反正大概又是被強塞了什麼奇怪的任務。」

九命轉了下手中的細菸斗，立刻有兩本書從書架上飛了過來。

「我推薦這兩本，應該會對你有幫助。」

智骨看了一下這兩本書的書名——《觸手道具的九十九種使用方法》與《柔軟才是王道，堅定的肉體與意志只是垃圾》，光書名就透露出一股危險的氣息。

「不管是什麼樣的交往模式，最後都會走上肉體交流的道路，這對身爲骷髏的你非常不利，這本《觸手》可以教你如何巧妙地使用道具滿足對方。至於《柔軟》的作者是一個黏體怪，他主張沒有固定形態的肉體與精神才是解決紛爭的唯一方法，只要大家都像黏體怪一樣軟乎乎地活著，魔界就會迎來和平……嘛，扯遠了，總之這本書會教你如何讓思考方式變得柔軟，只要學會了，當男性對你做些什麼時，你才不會那麼排斥。」

「爲什麼妳的結論是要我出賣身體啊！難道就沒有其他方式了嗎？」

「我怎麼知道不死生物適合哪種勾引男性的方式？當然只能教你最有效的方法呀！」

「有效個鬼！難道正常生物的腦子裡只有性慾嗎？」

「連生殖器都沒有的傢伙沒資格說這種話！」

諸如此類沒營養的對罵持續了數分鐘，最後兩人總算察覺到這種爭論實在太蠢，於是很有默契地閉嘴了。

附帶一提，最後智骨還是把那兩本書買了下來。

幽暗深邃的漆黑虛空中，閃耀著九顆顏色不同的星辰。

這裡是被稱爲意識領域的獨立空間，它存在於世界，卻也獨立於世界，這裡發生的一切既是眞實，也是虛幻。唯有在這裡，九色星辰才能實現「以意識交流」這樣的偉業。

之所以用偉業來形容，是因爲現今的魔法技術辦不到同樣的事。意識交流的技術涉及心靈與意識，屬於精神系魔法，而這類法術在人界被列爲禁忌，這是因爲沒有任何一個權力者希望自己的心靈被窺視或操控，因此極力打壓這方面的研究。

九色星辰所隸屬的組織「眞理庭園」乃是祕密結社，所以自然可以無視官方禁令，大肆研究各種禁忌知識。

「誘發戰爭的計畫又失敗了，這已經是第三次。」

「失敗不是壞事，但連續的失敗另當別論。」

「這樣的情況是第一次發生，爲什麼？」

無聲亦無光的意識空間裡，流淌著斥責的話語。

愚者畏懼失敗，智者接受失敗，兩者的差別在於能否從失敗中得到些什麼，只要能收獲有益的經驗，失敗這件事就會變得有意義。

九色星辰皆是高階魔法師，他們能爬到這個地位自然不是那種以失敗為恥的庸俗之輩，但此時的他們依舊深感憤慨。究其原因，正是源於這三次失敗都不是「有意義的失敗」。

「第一次失敗，是因為突然冒出來的奇怪修行者。」

「第二次失敗，是因為突然冒出來的女偶像。」

「第三次失敗，是因為突然冒出來的魔界黑龍。」

「全是不可控的意外，就算提高了計畫執行者的層級，意外事故的強度卻也跟著提升。究竟是哪裡出了問題？」

真理庭園希望打破目前人界軍與魔界軍皆按兵不動的局面，為此制定了點燃戰火的計畫，可惜前兩次行動均告失敗。

汲取了先前的教訓，第三次甚至派出了組織的第八席——也就是九色星辰中的橙星——親自執行計畫，原以為就算發生意外，也能依靠力量強行排除，沒想到魔界軍黑龍竟會在最後關頭突然現身！

橙星並不懼怕黑龍，但要是與黑龍交戰，他的身分很可能會暴露，所以橙星斷然撤退，計畫也就跟著失敗。

「不就是因爲八的關係嗎？使用錯誤的手段，所以才會引來黑龍。如果他節制一點，計畫早就成功了。」

「我也這麼認爲。空間魔法什麼的根本沒有必要，太浮誇了。」

「不，我覺得這個選擇很適當，問題在於魔界軍那邊。誰會想到那頭黑龍竟會因爲這種事飛過來？」

「探測到強烈的魔力波動，派出強者偵察不是理所當然的事嗎？沒想到這點，是八的疏忽。」

「就算這樣，魔界軍的反應也太快了。而且嚴格說來，事發地點還在人界軍的控制範圍內，換作你們，會在那種情況下孤身闖入敵陣嗎？就沒考慮過陷阱之類的可能性？」

「不，八的錯誤顯而易見。眞理之核的裁定不也出來了？」

「說到底，這幾次的失誤之所以會發生，不正是因爲眞理之核的計畫不夠嚴謹嗎？」

「無聊的藉口。眞理之核是靠我們給予的資料制定計畫的，最終的責任還是在我們身上。」

討論一下子變得激烈起來，但焦點卻放在責任歸屬這種缺乏建設性的議題上。

「夠了。」

一道意識制止了眾人，出聲者正是綠星——眞理庭園的第一席。

「我等皆是追求眞理的同志，爲了崇高的理想而聚集。我相信諸位都是身懷理性、不會放任自己被情緒支配的智者。這件事的討論到此爲止，可以嗎？」

身爲眞理庭園的創始者之一，同時也是實力最強的綠星發話後，其他人也就不再拘泥此事——起碼表面上如此。

「現在的重點在於如何挑起戰爭，並協助人界軍奪回正義之怒要塞。皇冠計畫好不容易有了進展，我們的研究絕不能停滯。」

「不只如此，我們的基地就在正義之怒要塞附近，現在這種僵持狀態，令我們沒辦法動用基地資源，許多行動也跟著受到影響。」

「眞理之核的建議呢？」

「四個方案，全都是成功率與暴露風險成正比的計畫。」

「這可不行，我們的存在一旦被世人知曉，各大勢力必然全力打壓，追求眞理的道路將會變得更加艱難。」

「想要得到什麼，必然得先付出什麼，該是下定決心的時候了。」

「不能再拖下去了，我建議這次我等全力出手。把這個條件輸入眞理之核，應該可以得到更好的方案吧。」

「可以。」

「附議。」

「贊成。」

「沒有異議。」

眾人很快達成共識。

人界最凶惡的祕密組織，終於露出獠牙。

💀💀💀

「所謂的人生，就是你永遠不知道下一秒會遇上什麼事！」

阿提莫已經忘記自己是在哪本書裡看到這句話了，當時還是青少年的他，只覺得這作者還真喜歡講一些空泛的東西，然而十幾年過去了，這句話如今不時在他腦中浮現。

「……所以？你特地把我叫過來，就是為了發表你的人生感悟？很好，從前那個愚蠢的阿提莫回來了，真令人欣慰。」

聽完友人的感慨後，波魯多一邊露出死魚般的眼神，一邊往自己的茶杯裡猛倒白蘭地。

「你知道我有多忙嗎？先前那場暴風雨的善後處理到現在都還沒完成哦，你是想要明天起床的時候，見到被污水淹沒的復仇之劍嗎？是這樣嗎？哈啊——？」

波魯多咬牙切齒地發出低吼，其中的憤懣之情有一半來自臨時暴增的工作，另一半來自於不負責任的同僚們。

不久前突襲了正義之怒要塞的巨大暴風雨，同樣公平地降臨在復仇之劍要塞上。

不同的是，由於人界軍早就經歷過類似的事，所以預先做好了準備，將災害壓到最低。

復仇之劍要塞興建之初就規劃了完善的地下排水系統，然而畢竟是倉促趕工做出來的東西，雖然復仇之劍要塞成功撐過這場暴風雨，但地下排水系統也多處損壞，須緊急修繕。偏偏軍事委員會裡除了波魯多，沒有人懂這方面的事情，於是這些工作自然落到他頭上。

「請容我說句辛苦了。不過剛才那些只是開場白而已，以免等一下我說的事情嚇到你。」

「哈！在你對我說出『想當國王』這種瘋話之後，這世上就沒有任何事可以嚇到我了。說吧，你又聽到什麼笑話了？快拿出來給我笑一笑。」

「吉姆．梵．哈默斯，你還記得嗎？」

「記得，你們國家的大貴族，他怎麼了？」

「他願意支持我當國王，我好像快成功了。」

波魯多哐啷一聲打翻了正準備喝下去的摻酒紅茶，附帶一提，酒與茶的比例大約

七比三。看著桌子與地毯上的污漬，阿提莫不禁皺眉。

「波魯多，就算我們是朋友，也請不要隨便蹧蹋我家的地毯。」

「那可眞是對不起——你以爲我會這樣說嗎？現在是在意那種事的時候嗎？你腦子裡裝的是爐渣嗎？」

「抱歉，你講話的速度有點快，我沒聽清楚，麻煩再說一次。」

「我是說——你剛剛那句話是什麼意思！」

「就是字面上的意思。」

阿提莫一邊幫友人重新倒茶，一邊說明詳情。

事情起源於上個月調查團離開的前一天，當時吉姆・梵・哈默斯突然跑來拜訪阿提莫，並且劈頭就說出「聽說你想當國王？我願意支持你。」這句話。

當然，阿提莫沒有天眞到相信這句話，他認爲吉姆恐怕是在調查期間察覺到了什麼，所以故意試探，甚至打算利用此事威脅自己。

阿提莫避重就輕地敷衍吉姆，然而對方不愧是長年浸淫於勾心鬥角的貴族世界的人物，阿提莫很快就在這場言語攻防戰中落入下風。

「如果眞想支持我，請用行動來表示。幫我找到盟友，讓我看看閣下的本事與誠意！」——爲了擺脫對方，阿提莫用這句話強行結束了這場會談。

「……然後，哈默斯侯爵昨天寄來了這個。」

阿提莫把一疊信件放到桌上，信封款式皆不相同，而且做工精美，根據上面印有家紋的封蠟來看，它們來自不同的貴族。

「這是什麼？」

「來自七位貴族家主的問候信，全是擁有實權的有力人士。他們都在信裡寫了願意支持我戴上王冠。」

「……」

「我算了一下，如果他們不是在開玩笑，我的勢力已經是第二……不，搞不好已經是第一大了。」

「…………」

「吉姆・梵・哈默斯的影響力比我想的還要大。眞不知道他是怎麼辦到的，明明我沒有許諾過他什麼。」

「……………」

「喂，別只會一直坐在椅子上喝酒，說點什麼啊？」

波魯多放下茶杯，再次露出死魚般的眼神。

「說點什麼？你希望我說什麼？說你們國家的貴族沒有節操？還是說人類貴族腦子全都有問題？你們是在選國王還是在挑蘋果？這麼簡單就擁立你了？哈哈，哈哈哈哈。沒事了嗎？沒事的話，我想回去再躺一下。我應該是喝多了，所以才會大白天就聽見奇怪的幻聽。」

「我能理解你的心情。當初收到這些信時，我也以爲自己是在作夢，但冷靜分析了一晚，我發現他們做出這種選擇並不奇怪。」

「哪裡不奇怪了！很奇怪好嗎！爲什麼他們其他人不挑，要挑你這個沒用的傢伙當國王啊——！」

波魯多大吼，幸好這個房間已經用魔法隔絕了聲音，否則整個司令部都會被他的嗓門震醒。

阿提莫沒有因友人的侮辱而生氣，反而點了點頭。

「你說的沒錯，這或許就是他們願意支持我的原因。」

「什麼？」

「一個英明有爲、才幹過人的君主，與一個空有理想、沒有能力的君主，如果換成你，你想選誰當國王？」

「當然是才幹過人的那一個。」

「嗯，所以你不適合玩政治。」

「啥？」

「換個說法吧。你希望有一個會帶給自己壓力的上司，還是很好打發的上司？」

波魯多頓時沉默，阿提莫知道對方已經理解他的意思。

「恐怕在他們眼中，我還是那個只會寫詩跟畫畫的軟弱王族吧。比起其他野心勃勃，而且已經展現出權謀手腕的候選人，我這個平庸的傢伙更讓人放心。除此之外，這其中應該也有利益分配的考量。其他候選人的派系結構已經很穩固，他們爲了確保自己利益的最大化，會排斥其他人加入，或是設下極高的門檻。也就是說，那些在派系鬥爭中失敗，或是落入下風的貴族，的確很有可能支持我。」

波魯多撫摸鬍子思考了一會兒，然後緩緩點頭。

「所以，你這裡其實就是垃圾堆？一堆垃圾的支持，有辦法讓你當上國王？」

「用垃圾來形容就太過分了，他們之中不乏才能卓越之輩，只是因為某些原因才會淪為權力鬥爭的敗者——對，就像你一樣。」

波魯多用力嘖了一聲。

毫無疑問，波魯多是個有才能的矮人，這點從復仇之劍要塞的工程上就能看出端倪。五名軍事委員裡，扣掉阿提莫不談，星葉家的大小姐在會議中極少發言，獸人劍聖老想跟魔界軍幹架，油滑侏儒只會掛著假笑待價而沽。若復仇之劍要塞眞能完成，波魯多絕對是功勞最大的那一個。

「不過就算這樣，能在這麼短的時間裡聯合那麼多人，哈默斯卿的手腕確實非同凡響。」

「現在是佩服的時候嗎？那個叫哈默斯的越厲害，你變成傀儡的機會越大。趕快跟他劃清界線，免得被他利用完之後賣掉！眞是的，明明調查團來的時候你什麼都沒做……等等，難道就是因為你什麼都沒做，才會被他盯上嗎？」

「不……那個……」

阿提莫先是搔了搔頭，然後說道。

「並不是什麼都沒做……我們幾個人在森林落難時，我不是看不慣拉蒙．炎金的嘴臉，當場搶走指揮權了嗎？哈默斯卿似乎就是因爲這樣，認爲我是一個有擔當的人，適合當國王。」

「啥？」

「對了，他還說大家一起圍著營火玩摔角的時候，讓他勾起了童心，感覺年輕了十幾歲什麼的，所以也想重拾年輕的衝勁，跟我一起拚一把。」

「……你在開玩笑嗎？」

「我也希望那只是個玩笑。」

阿提莫與波魯多互相對望了數秒。雖然兩人沒有說話，但他們的交情也不是一天兩天的事了，彼此都知道對方在想什麼。

「……所以，你已經決定了？」

「不管怎麼樣，目前的結果對我們有利。既然如此，那就沒有必要放棄。我有不

能放棄的理由，我必須繼續前進。」

「知道啦知道啦，為了愛是吧？我已經聽煩了。說吧，接下來我們該怎麼做？」

「首先，一定要確保復仇之劍要塞能如期完成。只要這件事辦好，它會是我們往上爬的最大籌碼。」

「哈啊？這個狗屎任務什麼時候可以當籌碼了？」

波魯多一臉嫌棄地說道。

當初波魯多之所以被舉薦進入軍事委員會，正是因為復仇之劍要塞的建造工作沒人想接。在魔界軍的兵鋒威脅下，沒有任何一個矮人覺得這座要塞蓋得起來。成功機率渺茫，失敗了又一定會被懲處，這種整人差事波魯多遇過太多了，每次他嘔心瀝血完成後，上面只會輕飄飄地說一句「辛苦了」，然後把他扔到其他地方，繼續幹一些吃力不討好的工作。

「情況不一樣了。我們在前線所以沒感覺，可是大後方已經開始騷動。哈默斯卿在信裡寫了，有人正在拚命宣傳復仇之劍要塞的存在意義。要塞落成之後，我們這些軍事委員很可能會被冠上人界英雄的頭銜。」

「哼，人界英雄？好光榮啊，我感動得快哭了。」

波魯多嘴上講得不屑，眼睛卻閃閃發亮。

「正因爲這樣，我們最近必須更加小心。有很多人也想搶這個頭銜，他們的雙眼會一直緊盯這裡，等待我們犯錯，然後把我們趕下去，笑納我們努力的成果。」

「又是這招嗎？來來去去老是同一套，半點新意也沒有。」

「只要有用就是好招數。千萬不要大意，波魯多。」

「啊啊，知道了。別光說我，你自己也要小心。」

「那當然。」

據說是經典

魔道軍團長桑迪親手撰寫的攻略寶典，據說匯聚了人界戀愛知識的精髓。
臉紅心跳．用愛拯救魔界．跨種族禁忌之戀．絕對命運大作戰

要遲到了！
經典的邂逅場景

異世界人啊，拯救世界就靠你了。
HP:10
MP:20
STR:10
INT:20
AGI:10
什、什麼！我有外掛了——？
經典的心跳劇情

很簡單吧？只要照著做就行啦！
??
??
???

02
人界軍的異變

一道黑色流星穿梭於雲層之中。

與遼闊的天空相比，黑色流星看起來如此渺小，但那只是基於參照物所得到的錯誤結論。黑色流星的眞面目乃是一頭體長超過五十公尺的黑龍，這樣的存在，不論在哪個地方都稱得上是龐然大物。

神聖曆1999年，八月二十七日，上午八點○七分，魔界軍超獸軍團長黑穹，再次越過了邊境線，闖入人界軍的地盤。

雖然復仇之劍要塞強化了空中預警機制，但在拿出眞本事的黑穹面前，那種程度的防空網有跟沒有差不多，因此黑穹就跟上次一樣，順利抵達了復仇之劍要塞的大後方。當然，她的四位忠誠副官也一同隨行。

雖然成員一樣，外表卻大不相同。

由於上次的襲擊事件，正義之怒要塞司令部懷疑智骨等人的身分已經被識破，因此在出發前要求他們重新僞裝一番。以防萬一，就連當時並不在場的黑穹也改變了造型。

智骨的身分是劍士。

此時的智骨身穿以金紅兩色爲基底、上面刻有精美花紋的氣派鎧甲，鎧甲底下則是泛著絲綢光澤的黑色襯衣。腰間佩著造型華麗的長劍，劍鞘上鑲有數顆寶石，白色披風隨風飄揚，看起來威武不凡。

克勞德的身分是吟遊詩人。

深紅色的長袍、披肩，佩著寶石羽飾的深紅寬帽，純銀釦環的皮帶，每隻手指都戴著做工精細的戒指。因爲先前暴露過自己擅長五弦琴，所以這次克勞德特地選擇小喇叭作爲隨身樂器。

金風的身分是弓箭手。

翠綠色的襯衣與墨綠色的漂亮皮甲，腰間繫著造型精美的皮革弓袋，裡面的弓箭當然也是高級品。背上的大弓長度幾乎與成年人一樣高，兩腿外側綁著造型精緻的匕首。

菲利的身分是僧侶。

藍白相間的優雅長袍，脖子上掛著永恆天平的聖印，腰部束帶扣著世界樹的聖徽，兩手護臂分別刻著太天與閃耀者的印記。人界四大神的信仰象徵，在他一個人身上可全部找齊。

黑穹的身分是魔法師。

身著繡有銀線花紋的漆黑長袍，手中法杖頂端鑲著金色寶珠，首飾方面選擇了水晶耳環與水晶項鍊，髮型則是充滿活力的雙馬尾。另外爲便於活動，長袍故意弄了很多開口，下半身也換成了短褲。

除了職業與裝備，就連容貌也有所變化。正義之怒要塞司令部特地撥款，請桑迪幫開拓小隊的人化首飾加裝美容功能，令眾魔顏値大幅提升。

如今的智骨等人跟過去截然不同，哪怕像克拉蒂那樣與他們有過深入接觸的人，也絕對認不出現在的他們。

「說起來，爲什麼我要扮成劍士？我根本不會用劍。」

步行前往復仇之劍要塞途中，智骨突然有感而發地問道。

變裝內容並非智骨等人自訂，而是司令部決定的。據說是擔心人界軍掌握了智骨等人的思考方式，讓他們自己變裝的話，恐怕會被對方輕易識破，所以才交由別人處理。

「就因爲你根本不會用劍，所以別人絕對想不到你會僞裝成劍士，這就叫逆向思維。」

克勞德一邊把玩小喇叭，一邊爲智骨解惑。

「那你爲什麼要扮成吟遊詩人？你明明就會樂器。」

「呵，這你就不懂了。樂器這種東西可沒那麼好學，大部分人只能精通一種，更別說是不同領域的樂器了。人界軍就算知道我會彈琴，也絕對想不到我竟然是同時精通弦樂器與管樂器的天才，這也算是一種逆向思維。」

克勞德摸著下巴繼續說道：

「同樣的道理，金風不會射箭，所以把他扮成弓箭手；菲利根本不懂神學，所以把他扮成僧侶。至於黑穹大人，不管肉搏戰或魔法戰都很擅長，這兩種在理論上是無法並行發展的職業，所以才會讓她當魔法師——就跟我一樣。」

克勞德自誇之餘順便奉承了上司一番，於是黑穹滿意地點點頭。智骨等人冷眼看著克勞德，心想：好你個心機牛頭人，竟然不忘在這時候巴結上司，果然是職場觸手怪！

「等等，如果遇到必須動手的場合，我們該怎麼辦？肯定會穿幫吧？」

金風提出不容忽視的重要問題。克勞德先是眨了兩下眼，然後轉頭看向黑穹。

黑穹皺眉思索數秒，然後說道：

「自由發揮！在不露破綻的情況下，想辦法處理問題。要是害我們被揭穿，那就是你們的責任！」

黑穹充分詮釋了什麼叫作無良上級，面對如此光明正大、理直氣壯、冠冕堂皇的卸責言論，四名副官只能一邊高喊上司英明，一邊在心裡抱頭煩惱。

比起其他同僚，智骨的心態倒是比較輕鬆。畢竟等到進入復仇之劍要塞，他的身分就會變成甜蜜拉拉，碰上戰鬥場面的機率遠比其他人更低。

然而抵達復仇之劍要塞後，智骨便充分感受到什麼叫作混沌魔神的引導。

復仇之劍要塞門口有幅巨大看板，上面貼著許多通緝犯的畫像——甜蜜拉拉的通緝令赫然就在其中。

在日後的魔界聯邦戰史中佔有一席之地，其成員身分僅有少數高層知曉，以「開拓」爲代號的特殊戰鬥部隊，實際上只是偶然誕生的產物。

最初的開拓小隊僅存在於前線司令部的祕密文件之中，它們是基於前線高層某些奇妙發想而出現的實驗性部隊，其存在並未送到後方進行任何記錄。換句話說，它是一個性質有如同好會或讀書會的東西，但在魔界觀察團的視察事件過後，情況有了變化。

開拓小隊正式躍入後方參謀本部的視野，由於觀察團的擔保，再加上前線司令部的好評，傳聞這支部隊很可能變成正式編制。

對智骨而言，這絕對是一件好事。

一旦獲得參謀本部的承認，開拓小隊可動用的資源與能獲得的支援就會大幅增加，功績也會被記錄在案，相關獎懲再也不是由某些無良的軍隊高層說了算。

不過那些都只是附加的好處，開拓小隊擁有正式編制的最大優點，在於成員可以徹底換血。

至今爲止，開拓小隊的任務大多是諜報工作。在魔界八大軍團裡，最能勝任此一工作的莫過於幽影軍團。等開拓小隊獲得正式編制，就能向上提出申請，請幽影軍團接手這支部隊。屆時智骨也將被解放，回歸正常的軍旅生活與本職工作。

魔界有句諺語，叫「要捆綁就該使用觸手」，意思是專業的事就該交給專家去做。雖然智骨從沒見過幽影軍團的本事，但想來肯定比他們這些外行強吧。

「沒錯，專業的事情就該交給專家，所以像我們這種連業餘好手都稱不上的半吊子，遇到麻煩想不出解決方法也是很正常的。」

智骨用嚴肅的語氣，對三名同僚如此說道。

「這種說辭，你以爲黑穹大人會接受嗎？」

「剛才那些話，有種就在黑穹大人面前再說一次。」

「大家同事一場，我會好好幫你把骨頭撿回來的啡。」

克勞德、金風與菲利同樣表情嚴肅地回應。

「那你們要我怎麼辦？計畫從一開始就被推翻了啊！甜蜜拉拉已經被通緝了，她現在可是一露面就會被逮捕的身分，你們是要她怎麼去跟人界軍高層談戀愛啦！」

這份由魔道軍團長桑迪親手編寫的「臉紅心跳・用愛拯救魔界・跨種族禁忌之戀・絕對命運大作戰」，是在參考了要塞圖書館內所有言情小說後，精心策劃的心理誘導作戰。

它的本質絕非單純的色誘，而是針對人界男性的心理、情感、文化習俗、社會地位等多重因素，並考慮了環境、氣候、習慣等變數的攻略寶典。裡面包含多達九十九種男性攻略戰術，每種戰術還附有三至四個遇見突發意外時的應變備案，可見桑迪爲此花費了多少心血。

然而這份作戰計畫再怎麼盡善盡美，也沒有記載「甜蜜拉拉是通緝犯」這種堪稱死亡難度的處理方法。

發現甜蜜拉拉的通緝令後，開拓小隊便立刻尋找落腳的旅館，然後開啓緊急會議，研究如何應對眼前事態。小隊指揮官黑穹只丟下一句「我去找點東西吃，明天早上我要看到你們的辦法！」後，便直接溜掉了，充分表現出任性高層應有的姿態。

此時智骨多麼希望開拓小隊是正式編制，這樣就能讓幽影軍團那些專家代替自己面對此等絕境了。

「智骨，我也看過計畫書。裡面不是有一句『阻礙越大，愛得越深』嗎？我認爲這句話正好符合眼前情況。」

「深個屁！如果甜蜜拉拉已經被懷疑是魔界軍間諜，別說愛意了，對方只會產生殺意吧！」

「啊，是『假裝自己是女間諜的屈辱拷問誘惑戰術』吧？這篇我記得啡。」

「只是名字聽起來很像而已！內涵完全不一樣！」

很不可思議地，桑迪的作戰計畫中連「甜蜜拉拉被懷疑是間諜」這樣的可能性都考慮到了，但那個戰術是建立在「對方僅是懷疑」的前提上。遭到通緝便表示人界軍已認定甜蜜拉拉是罪犯。「懷疑」與「確信」，兩者之間的差別可是極大的。

「那我們該怎麼辦？黑穹大人命令我們明天要想出辦法。」

「不可能啦，還是勸她放棄這次的作戰比較好。」

「說的也是，再這樣下去，搞不好黑穹大人以外，我們會全滅。」

「誰去勸？」

面對這個問題，四人盡皆沉默。

毫無疑問，提出撤退意見的人很可能會被不爽的黑穹賞一巴掌——這是需要賭上性命的任務。

克勞德、金風與菲利同時向智骨投以哀求的眼神，他們期待同僚願意挺身而出，展現身為不死生物應有的存在價值。

「我不要！絕對不要！肯定會被打碎！不對，會被轟成飛灰！我上次看見黑穹大人正在練習奇怪的招式，可以直接一拳把石頭變成沙粒！不死生物也是會死的！被那招打到我一定會死！」

黑穹最近在正義之怒要塞圖書館找到了一部名爲《蒼空武鬥傳》的小說，並且嘗試練習書裡主角的招式。她已經成功重現了能夠瞬間粉碎敵人的「粒子湮滅掌」與貫穿十層鋼板的「天崩流星腳」，目前正在挑戰能變出八個分身並同時發動攻擊的「相位歪斜重影拳」，超獸軍團的士兵們爲此傷痕累累、滿臉血淚。

「而且就算勸黑穹大人放棄，她也不一定會接受。」

「有道理，她一定會叫我們繼續想辦法。」

「也對，到時智骨就白死了啡。」

「請不要以我會死這件事作爲討論的前提，菲利。」

這件事的棘手之處，在於會牽扯到黑穹的顏面問題。超獸軍團長親自出馬，結果卻拿不出任何成績，這不僅會讓黑穹的經歷蒙上污點，還會令她成爲軍團長之間的笑柄。

四人抱頭苦思，希望能想出兩全其美的好方法，既能兼顧黑穹的面子，也可以直

接放棄任務。

「——等等，為什麼一定要把色誘的工作交給甜蜜拉拉？交給別人不行嗎？」

就在這時，金風像是獲得天啓般，突然說出了令同僚震驚的話。

「交給別人？交給誰？」

「難道你想讓黑穹大人……！」

「同事了這麼久，我現在才知道你的膽子這麼大啡。」

智骨等人驚恐地看著金風。讓黑穹去色誘男人？一旦提出這個建議，他們四人肯定會沒命。

「不對！當然不是讓黑穹大人去色誘！是我們去！甜蜜拉拉被通緝了，但我們沒有啊！別忘了，他們的軍事委員不是只有男人。」

此話一出，智骨等人頓時恍然大悟。

沒錯，復仇之劍軍事委員會裡，確實有一位精靈女子。如果把攻略目標換成她，這個任務仍有完成的機會。

「原來如此。金風很擅長這種事，交給他的話，搞不好更容易成功。」

「等等，智骨，魔界女性與人界女性之間肯定有差異。單靠金風，風險還是太大了，我們三個恐怕也要上。」

「我們有四個人，有四次挑戰機會。若換成甜蜜拉拉，也同樣是挑戰四名男性軍事委員，四次機會。兩邊的機率是一樣的啡。」

就像火苗遇上了強風，討論熱度迅速竄升。沒有人希望失敗，就算是把摸魚打混視為人生目標的薪水小偷亦然，如果是在絕境中窺見一線曙光的情況下，那股對成功的渴望會變得更加強烈。

「決定了，目標更改！今晚大家辛苦一點，努力想出攻略那個精靈女性的計畫吧——為了我們的小命著想！」

「「「哦哦哦哦哦哦哦！」」」

伴隨著滿懷鬥志的吶喊，開拓小隊奮起了。

💀💀💀

克莉絲蒂．星葉沒來由地感到一陣惡寒，坐在對面的克拉蒂立刻察覺到她的異狀。

「怎麼了，姊姊？」

「……沒事，或許是世界樹在提醒我，有什麼人正在策劃一些針對我的噁心陰謀吧。」

因爲魔法道具的關係，克莉絲蒂的房間一直保持著令人感到舒適的溫度，她本人也沒有做什麼可能會染上疾病的事情，因此這股惡寒的來源，被她解讀爲神明的善意警告。

「陰謀？這座要塞裡有人敢算計姊姊嗎？」

克拉蒂一臉不可思議地問道。這份誇張的表現絕大部分是演技，因爲她打從心底認爲沒人敢做這種傻事。

在復仇之劍軍事委員會，克莉絲蒂恐怕是最不好惹的人物，就連豪閃．烈風都比不上。雖然在戰鬥力方面，獸人劍聖擁有壓倒性優勢，但反過來說，對方能勝過克莉絲蒂的地方也就只有戰鬥力而已。

無論是家世、知識、魔力、魅力、人脈或財富，克莉絲蒂都凌駕豪閃．烈風之上，甚至有士兵私底下用「無冕的女王」來形容她。如果不是克莉絲蒂極少介入要塞事務，恐怕軍事委員會早就被她架空了吧。

「要塞裡面或許沒有，要塞外面肯定會有。」

「欸？」

克拉蒂眨了眨眼睛，不明白對方的意思。看到妹妹愣住的模樣，克莉絲蒂不禁皺起眉頭。

「克拉蒂，我說過很多次了，身爲星葉家的一員，妳必須比其他精靈貴族更努力學習，特別是政治，妳在這方面的敏感度太低了。」

「呃，我、我有在努力了，可是人本來就有擅長跟不擅長的事……」

「就算不擅長也要變得擅長，這是妳的義務，也是妳的責任。」

克莉絲蒂板起臉孔，用嚴厲的口氣訓誡妹妹。

位於權力金字塔的上層，享有各式各樣的特權，可以憑藉個人好惡決定下位者的命運，這就是所謂的貴族。

正因如此，貴族身邊總是圍繞著眾多敵人、嫉妒者與諂媚之徒。一旦腳踝被這些負面存在所編織的繩索套住，任何貴族都會狠狠跌跤，甚至墜入破滅的深淵。

為了不落入那樣的境地，貴族會傳授子女與政治有關的知識與技能，然而那並非系統性的教育，而是一種家族間代代相傳的經驗與感悟。

必須熟悉與掌握政治，令家族榮光永存——這就是貴族子女的責任，也是義務。

「我知道啦！哎，那個，既然姊姊這麼厲害，一定已經知道那是什麼陰謀了吧？」

為了逃避姊姊的訓話，克拉蒂連忙轉移話題。

「諷刺的方式太低端了，不及格。」

在貴族世界，挖苦與諷刺是經常會用到的武器。這種文字遊戲要具備相當學識才玩得起，很適合用來彰顯貴族的不凡之處。

「不不不，這絕對不是諷刺。還請聰明的姊姊不吝指點，讓愚鈍的妹妹了解一下人心險惡。」

「……唉。」

看著明明不怎麼熟練，卻又努力想要表現出「自己其實很擅長哦！」這種感覺的笨拙妹妹，克莉絲蒂嘆了一口長氣。

「……算了，無論如何，妳也算是有點自覺了，至少比剛到要塞那時來得強。雖然進步有限，但起碼有進步了。」

「好過分！對可愛的親妹妹說出這種話，姊姊的心不會痛嗎？」

「不會喲。一點也不會。」

克莉絲蒂輕啜一口紅茶，然後對鼓著臉頰的克拉蒂說道：

「雖然不知道針對我的陰謀會是什麼，但大概猜得出誰最有嫌疑。」

「欸欸——？明明對方還沒行凶，姊姊竟然就能鎖定犯人了？妳是哪裡來的預言家啊！」

「只是簡單的推理而已。要是我近期內遭遇什麼不幸，幕後黑手應該會是某個精靈貴族吧。」

「欸？」

「而且對方大概是主戰派，也就是渴望跟魔界軍打上一場的傢伙。」

「不對！給我等一下！」

克拉蒂急忙舉起手掌阻止克莉絲蒂。

「怎麼了？」

「為什麼會有精靈貴族想要算計姊姊啊？而且妳說主戰派？我們不就是主戰派嗎？」

「觀察力太差了啊，克拉蒂。妳從哪裡看出我們是主戰派？」

「這個……」

說到主戰派與主和派的區別，一般最先想到的當然是對方是否贊同發動戰爭。事實上，在人界軍攻打魔界之前，世界樹裡也有許多貴族大表反對，他們無疑是主和派，然而星葉家打從一開始就支持開戰。

這個顯而易見的事實克莉絲蒂不可能不知道，所以肯定不是這個答案。克拉蒂皺眉苦思，最後總算想到了一件事。

「對、對了，之前豪閃・烈風說要出兵跟魔界軍打一仗，那時姊姊不是也贊同他的意見嗎？這樣難道還不算主戰派？」

「是沒錯，但我有全力支持豪閃・烈風嗎？」

「欸？妳不是說不想給巴沙敲詐的機會，所以沒有全力支持……」

「如果眞心想打，就算會被那個貪婪的侏儒佔便宜也沒關係，不是嗎？」

「不是因爲巴沙要的報酬太過分了嗎？」

「我有說過巴沙提出了什麼樣的條件嗎？」

「因爲是機密，所以姊姊沒告訴我……難道不是這樣嗎？」

「不是哦。從一開始我就拒絕跟巴沙交涉，完全沒給他提條件的機會。妳覺得這是主戰派該有的行爲嗎？」

克拉蒂不禁愕然。話說到這種地步，她也察覺到事情有點不對勁了。

「……這是星葉一族的決定，還是姊姊的個人行爲？」

「不錯，能問出這個問題，代表妳確實有長進。」

克莉絲蒂露出讚許的微笑，然後重新注滿空掉的茶杯。

「克拉蒂，五大國之所以支持發動這場戰爭，其實背後有各自的理由。人類爲了權力，矮人想要財富，獸人基於本性，侏儒打算投機，那我們精靈呢？妳覺得世界樹究竟想要獲得什麼，才會支持攻打魔界？」

「那個……是因爲……呃啊——！請別再玩猜謎了，直接告訴我啦，姊姊！」

克拉蒂一邊露出濕潤的眼神，一邊用哀求的語氣說道。面對使出撒嬌攻勢的妹妹，克莉絲蒂無奈地說出答案。

「凡爾赫沙協約。」

克拉蒂露出恍然大悟的表情。

所謂凡爾赫沙協約，指的是人類、矮人與獸人所締結的攻守同盟。這個協約針對的目標，正是精靈。

這四個人界大國領土互相接壤，國境線上不時爆發衝突。然而大約三十年前，由於神聖黎明那堪稱藝術的外交斡旋，人類、矮人與獸人正式結盟，成功孤立了世界樹。

「……原來如此。就像凡爾赫沙協約一樣，上面打算塑造一個共同敵人，好擺脫眼前的外交困境。」

「沒錯。世界樹的目標從來不是魔界，是廢棄凡爾赫沙協約，所以我們不會爲了對付魔界軍而投入太多力量。」

「從一開始就是這麼決定的？」

「從一開始就是這麼決定的。」

克拉蒂沉默數秒，然後深深嘆了一口氣，既是爲大戰中犧牲的將士們感到不值，也爲人界諸國間的彼此算計感到悲哀。她沒有天眞到認爲世界樹做錯了，國家間的爾虞我詐就是如此。但哀嘆過後，克拉蒂察覺到某個不對勁之處。

「……既然如此，那主戰與主和的陣營區別又是怎麼回事？」

沒錯，如果世界樹高層已經統一了意志，爲什麼還會有主戰派與主和派之分呢？

「因爲人界軍搞砸了呀。」

克拉蒂的詢問令克莉絲蒂面露苦笑。

「正義之怒要塞失陷，我國高層因此大爲動搖。他們之中有不少人親身經歷過第一次兩界大戰，很清楚正義之怒要塞失陷這件事有多嚴重，於是有人主張先把正義之怒要塞搶回來再說。等到把魔界軍趕回魔界後，再憑著這份功勞，要求廢除凡爾赫沙協約。」

「聽起來很有道理呀？」

「人世間的事，不是光憑道理就能成功的。首先，妳要怎麼保證驅逐魔界軍之後，就一定能廢除凡爾赫沙協約？既然共同敵人消失了，其他國家還會願意聽我們的要求嗎？」

「事先簽署條約——不，算了，當我沒說。」

克拉蒂把自己的話吞了回去。如果人人都能遵守契約，世界早就歌頌和平了。見到妹妹的表現，克莉絲蒂點了點頭。

「就是這樣，克拉蒂。到底要不要推翻先前的戰略規劃，高層至今依然爭論不休。我說要小心主戰派，就是擔心那些傢伙打算對前線下手，強行推動事態。其實上次艾尼塞斯・月實來的時候，我一直擔心他會偷偷做什麼事。」

「月實家是主戰派？」

「核心成員。」

「那——」

克拉蒂緊張地從椅子上站起，克莉絲蒂搖了搖頭。

「不用緊張，我調查過了。沒有問題，一切正常。」

克拉蒂重新坐回去，鬆了口氣之餘，一股難以言喻的疲憊感也跟著湧上心頭。她拿起茶杯，嘟著嘴巴小聲說道：

「……總覺得，有點提不起勁了。」

「早點習慣吧，這就是妳將來要面對的世界。」

克莉絲蒂優雅地喝了口紅茶，然後望向窗外，像是在凝視什麼般微微瞇起雙眼。

今天天氣晴朗，然而復仇之劍要塞的頭頂依舊像往常一樣，盤旋著陰暗的風雲。

💀💀💀

幾乎已經忘卻的記憶，以夢境形式重新甦醒。

精靈是特別受到神明眷愛的種族——這並非少數人的主觀偏見，而是多數人承認的客觀事實。

雖然基於自尊心，每個種族都會宣稱自己多麼優秀，但那些人誇耀到最後，往往都會加上：「絕不會輸給精靈」、「與精靈比起來毫不遜色」、「可以與精靈比肩」……

諸如此類的說辭，由此可見精靈這個種族的評價究竟有多高。

一些較爲激進的學者甚至提出了「精靈威脅論」，認爲要是放任精靈這種族一直成長下去，遲早世界會被他們支配，爲了保障自身種族的未來，應該要徹底滅絕精靈，將危險扼殺於搖籃之中。觀點雖然偏激，但在某些種族主義者、被害妄想症患者與偏執狂之間，頗有市場。

如果上述那些人只是在酒館裡宣揚此事，那麼最多也就只會成爲常見的醉鬼發瘋而已；若是那些人是身處高位的權力者，那麼事情的性質就完全不一樣了。遺憾的是，後者情況並不少見。

正因如此，精靈與人界諸國並不和睦，尤其是領土與世界樹多處接壤的神聖黎明與火圖，在地緣政治影響下，對世界樹抱持深刻的警惕，邊境地帶不時發生摩擦。

莫拉・霧風的雙親就是因此去世。

莫拉的父母都是精靈平民，一家人居住在邊境，因爲被捲入人類與精靈的領土糾紛而喪命，僅剩莫拉一人幸運地活下來。在那之後，莫拉便被送到國家出資設立的孤兒院。

世界樹雖然強大，但也沒有富裕到可以允許這些用稅金養大的孤兒碌碌無爲。這些孤兒除了接受基礎教育，還會被強制學習一種或多種手藝，成爲對社會運轉有益的齒輪。除此之外，就只有從軍這條道路。

成爲工匠，或是軍人，這些孤兒們被允許選擇的未來只有兩種，莫拉選了後者。

一開始，莫拉是憎恨人類的，但在成爲軍人後，他領悟到在名爲戰爭的怪物面前，個人的憎恨究竟有多微不足道。他射殺過仇人，也曾斬殺無辜者，因此深刻體會到軍隊這種暴力裝置在運轉時，沒有道德、良知、正義、善意等要素作祟的空間，有的只是生與死。他與他的父母，只是不幸地站在那頭怪物前進的路上而已。

於是，莫拉渴望力量。

無論是個體的力量，還是體系的力量，他都想得到。只有這樣，他的人生才不會被運氣這種虛幻的東西左右。

機緣巧合下，他接觸到了眞理庭園這個祕密結社，並且成爲其中一分子。

莫拉對眞理什麼的沒有興趣，只想將他們作爲攀爬的台階。事實證明他的選擇沒有錯，無論是魔法術式的學習或軍階的提升，都比以前順利不少。

所謂欲望，是一種擁有的東西越多，就越是飢渴的東西。莫拉希望爬得更高，直到足以掌握自己的未來之前，都不停下腳步。他絕不要再像小時候那樣，由他人決定自己的生死與命運！

——然後，莫拉醒了過來。

維持著躺在床上的姿勢，莫拉花了兩秒釐清狀況，然後自嘲地嘆了一口氣。

「……一大早就夢到無聊的東西。」

沒人想夢到不愉快的事，就算那是自己的過去也一樣。

一反往常的俐落，莫拉緩緩從床上爬起，然後慢呑呑地整理儀容，再花上兩倍時間穿衣服。他之所以如此悠哉，是因爲今天是難得的休息日。

莫拉是克拉蒂．星葉的護衛，而克拉蒂並非每天都會到處亂跑，由於克莉絲蒂的嚴令，她每週至少有一天會被關在房裡學習，這時莫拉就能從麻煩的護衛工作中解放。

今天就是那樣的日子，莫拉已經與一個剛好也是今天排休的同僚約好了，要一起去參加某個午餐聚會。

想要在軍隊這種封閉體系出人頭地，單打獨鬥絕對辦不到。人脈是必要的晉升關鍵，不管上級、同事，還是下屬，都必須打好關係。

「……這樣應該沒問題吧。」

莫拉對著鏡子確認自己的穿著，因為是休假，所以他沒有穿軍服，而是著最近流行的裝束。精靈也有潮流這種概念，莫拉不打算讓自己表現得太過特立獨行，追隨大流才是最安全的。身為祕密結社的成員，沒必要在無益之處表現得太顯眼。

說起來，組織最近都沒有分配任務……

莫拉認為眞理庭園對復仇之劍要塞有所企圖，所以之前才會頻繁地分派任務給他，但最近這種情況已不復見。

是已經達成目標了嗎？還是放棄了呢？或者是，正在醞釀更大的計畫？老實講，莫拉打從心底盼望千萬不要是第三個，目前的護衛工作已經夠累，之前眞理庭園派發下來的任務，還是他在百忙之中勉強抽出時間完成的，要是再來一波更大的，他相信自己一定會過勞死。

莫拉一邊暗自抱怨，一邊前往聚會地點。那是一棟佔地寬廣的宅邸，以復仇之劍

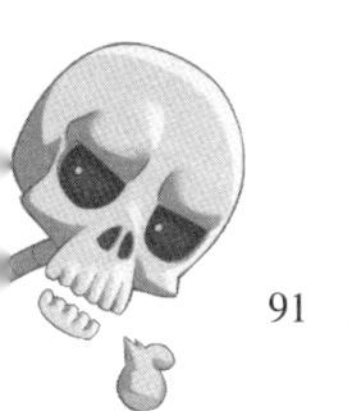

要塞的現況來判斷，宅邸主人應該頗有來頭，客人們想必也不是什麼平庸之輩吧？莫拉看著宅邸滿意地點了點頭，這樣的人脈很有結交的價值。

「喲，莫拉。抱歉，讓你久等了。」

「不會，我才剛到。」

在隔壁街街角稍微等了一下，邀請他的同僚不久後便出現了。對方是一名男性精靈，在實力方面，莫拉深信自己具有壓倒性優勢，但此人背景雄厚，因此晉升速度異常快速。

聚會的參與者全是精靈，軍人與民間人士皆有。餐點美味，還特地點了相當高級的熏香，大家談論著復仇之劍要塞的各種趣事，順便抒發對故鄉的思念之情，整體氣氛非常融洽。莫拉認識了幾個日後應該派得上用場的朋友，暗自慶幸這場聚會眞是來對了，一想到自己又往出人頭地的道路邁出堅實的一步，他的心情不由得激盪起來。

精靈的餐宴聚會通常不會用完餐就宣告結束，而是會在餐後準備一些餘興節目，最常見的是音樂會。然而這次聚會似乎不打算這麼做，望著眼前搬開所有家具、挪出了大片空間的寬闊客廳，莫拉心想難道他們要辦一場臨時舞會？可是爲什麼會有演講台？

就在這時，聚會的主辦者走上演講台。那是一名儀態優雅的中年精靈，舉手投足間帶有軍旅氣息，想來是一名地位不低的軍官吧。

「諸位，很高興大家今天聚集於此。相信大家一定遇過不如意的事，在前線，我們無法期待家人的安慰，能支持我們、陪伴我們、鼓勵我們、拯救我們的，只有站在我們身邊的朋友。」

有點獨特的開場白，不過考慮到對方的軍人身分，會有這樣的感慨也是理所當然吧。莫拉十分清楚同伴的重要性，在生死一瞬的戰場上，有無戰友的差別極為巨大。

「是的，朋友！多麼美好的詞彙！」

主辦者突然張開雙臂，他的儀態與語氣不再優雅，取而代之的是激動。

「無關貴賤！無關性別！無關強弱！無關聰愚！互相扶持乃朋友應有之義，一起承受苦難，一起跨越難關，一起享受喜樂，一起舉杯高歌，這就是朋友！這才是朋友！我們需要朋友！朋友也需要我們！」

演講內容感覺有點奇怪，但在場賓客似乎非常中意主辦者的觀念，這點從他們的表情就看得出來，激動的模樣絕非偽裝。

「各位，我們是朋友嗎？」

主辦者高舉左手，同時伸直了拇指、食指與小指，並彎曲中指與無名指，擺出了一個奇特的手勢。

「「「是——！」」」

所有賓客也跟著舉起左手，擺出同樣手勢。搞不清楚狀況的莫拉連忙模仿其他人。

「我是誰？」

「「「朋友——！」」」

「你們是我的誰？」

「「「朋友——！」」」

「大家都是？」

「「「朋友——！」」」

「很好！朋友們！現在，讓友情加深的活動開始了！歐啦啊啊啊啊啊！」

「「「歐啦啊啊啊啊啊啊——！」」」

只見主辦人突然撕破衣服，露出了精壯的上半身，而賓客們也跟著做出同樣舉動。莫拉當場愣住，就在他還沒來得及回神之際，這些人已經連下面也脫掉了。

唯一值得慶幸的是，男的至少還有穿內褲，女性則是保留著上下半身的內衣。然而接下來發生的事就不太值得慶幸了，因為大家開始摔角，互相搶奪對方的內褲！

眼前景象令莫拉感到心中一片冰冷，手腳不自覺顫抖起來。此時，一隻溫暖的手掌拍上他的肩膀。

「莫拉，還在等什麼啊？」

對方正是約他來此的同僚，年輕帥氣又有背景，前途一片光明的精靈俊傑。此時這位精靈俊傑同樣只穿一條內褲，臉上掛著爽朗的笑容。

「一起來加深友情吧！」

莫拉還沒來得及回答，對方便先一步撕開他的衣服，並且對他的內褲下手！

「住、住手——！」

「歐啦啊啊啊啊啊啊！」

瘋狂的盛宴就此拉開序幕。

在保護自身內褲的過程中，莫拉心中閃過了一個疑問——類似的場景，自己似乎曾在哪見過？

復仇之劍要塞軍事委員會在當代人眼裡，是一個性質與棄子沒兩樣的過渡性臨時機關。然而在後世學者眼中，它的存在對人界軍有極其巨大的貢獻。

明明就是胡亂拼湊而成的東西，卻能在魔界軍的兵鋒威脅下蓋好要塞，這個只能用不可思議來形容的成就，成爲了後世學者的研究課題。關於復仇之劍要塞五名軍事委員的作爲、職責與事蹟，在日後都被一一檢視，除了某人以外，其他四名軍事委員都獲得了相當正面的評價。

侏儒巴沙——全名爲巴托．法洛哈提亞斯．加拉哈提．庫倫．沙爾曼斯辛那提亞——唯獨這名軍事委員，其功過始終充滿爭議。

根據可信賴的資料與文獻記載，巴沙在擔任軍事委員期間，並沒有做出任何值得稱道的貢獻，他只是不斷遊走於其他軍事委員之間，爲自己與國家謀取好處。巴沙這種充滿投機味道的作風，令侏儒軍在復仇之劍要塞的處境變得頗爲尷尬。

奇妙的是，侏儒軍雖然被眾人討厭，卻沒遭到排擠。這是因爲侏儒之國．巴爾哈洛巴列哈斯掌握了人界軍半數以上的物資流通管道，因此其他軍事委員只能對巴沙的行爲睁一隻眼、閉一隻眼。

巴爾哈洛巴列哈斯是一個盛行商業的國度，某代國王甚至曾當眾說出「沒有不能買賣的東西，包括自由與尊嚴！」、「契約精神至高無上，除非別人出起得更高價錢！」、「金幣比命運更加公平！」等名言，由此可知這個國家的風氣究竟爲何。

侏儒之國的買賣不僅限於有形的實體物質，還包括了無形之物，也就是俗稱的「情報」。

收集大量情報，然後從中挑選出有用的部分，再高價賣給需要的客人。當然，賣掉的情報或許摻了什麼奇怪的東西，但沒能看出來就是買方的責任了。

勢力越是錯綜複雜的地方，情報的價值越是高漲，因此巴沙這名軍事委員也沿襲了母國一貫的做法，在復仇之劍要塞大搞情報買賣。

得益於長年累積的知識與經驗，侏儒這個種族對於情報的收集與篩選相當有一套，然而就在某天，巴沙收到了一份奇怪的報告。

「心友會？那是什麼？」

巴沙看著手中的定期報告，一臉困惑地詢問站在他面前的情報主管。

「是最近突然出現的神祕組織，要塞裡似乎有不少人加入。」

「人數不明、幹部不明、宗旨不明、根據地不明、資金來源不明、活動內容不明……這種有寫跟沒寫一樣的東西，也敢放到我桌上？你是嫌這份工作太輕鬆了嗎？隨便寫個流言在紙上就交過來！要不要把你扔進魔界軍，幫我好好調查一下他們的底細啊？」

巴沙不滿地甩了甩手中的紙張。情報主管連忙搖頭否認。

「已經查過了，這就是結果。」

「查過了？」

「查過了。」

「這就是結果？」

「這就是結果。」

巴沙沉默了。

眼前的情報主管雖然品行有問題，但工作能力的確非凡，就連軍事委員克莉絲蒂．星葉當天穿什麼顏色的內衣都有辦法知道，如果他也查不出來，這個心友會恐怕相當不簡單。

「到底是怎麼回事？把你們掌握到的情報全都告訴我，就算是未經確認的部分也一樣。」

「我們掌握到的資訊，已經全部寫在報告上了。」

巴沙露出「你在跟我開玩笑嗎？」的眼神，情報主管則回以「我不是在開玩笑哦！」的眼神。兩人就這樣彼此互瞪了數秒，確定對方是認眞的之後，巴沙低頭重新審視一遍手中報告。

根據報告所述，心友會是一個以「大家都是朋友」爲口號的神祕組織，它在一個月前突然出現，並以驚人速度成長茁壯。爲了查出心友會的底細，情報主管投入不少人手與資金，但收穫與付出完全不成正比。

「……事實上，我懷疑我派出去的調查員全都被策反了。」

情報主管遲疑了一會兒，說出令巴沙嚇到差點掉下椅子的推測。

「請別緊張，我們對於反情報工作做得很徹底，那些調查員知道的東西很有限，就算被策反，我方損失也不會太大。」

「那太好了——你以爲我會這麼說嗎？你以爲培養一個合格的調查員需要多少時間？光塡補人力缺口就是個大問題！」

不論在哪個領域，人才都是極其珍貴的資源，如果是難以累積經驗的工作，人才的重要性更是無法估量。例如士兵這種職業，老兵與新兵的價值完全不同，然而要讓新兵成爲老兵，唯有付出名爲鮮血的代價。

情報工作也是如此，調查員只要失敗過一次，就不能再隨便出現於人前。好不容易培養起來的員工要是能夠運用的地方突然少了一大半，任何主管都會因此氣得跳腳，更何況是直接被策反？

「這個心友會這麼邪門，它們的幹部該不會全是魔法師吧？」

「恕我失禮，長官。就算是魔法師組織也做不到類似的事，除非裡面有人通曉心靈系魔法。」

在人界，心靈系魔法屬於禁術中的禁術，光「擁有」這件事就是重罪。當然，不少國家都會在檯面下偷偷研究，但至少沒有任何國家敢公開承認。正因如此，懂得心靈系魔法的魔法師只有在國家等級的大型勢力裡才有可能見到，像心友會這種突然冒出來的組織，絕對不可能會有。

「那你要怎麼解釋這個情況？」

「找出這個解釋，正是我們的工作，長官。」

中規中矩、讓人挑不出毛病的回答。巴沙哼了一聲，他終於看出情報主管的意圖。

「原來如此，我懂了。你想得到我的批准，繼續調查這個心友會，對吧？」

大批調查員疑似被策反，已經令情報部門的損失瀕臨極限，不論是繼續追查或放棄，都不是區區一個情報主管可以決定的事。情報主管之所以拐彎抹角地說了這麼多，就是想勸巴沙讓他繼續查下去。

「長官明鑑。」

既然被看穿，情報主管也就大方承認了。

面對部下的請求，巴沙不禁皺眉思考。追求成果是好事，但及時止損也很重要，他的工作就是在兩者間做出取捨。

「……繼續吧，我就不信這些傢伙會比無冕女王的內衣顏色還難查。」

「遵命。雖然有些難以啓齒，但人手與資金方面……」

「我會批給你。」

「多謝長官。」

「不用謝。相對地，你也要給我做出成績啊。」

「當然。絕對不會令您失望。」

「嗯，我很期待。」

情報主管行了一禮，然後轉身走出巴沙的辦公室。

經過門口時，情報主管隱晦地對衛兵比了個手勢——左手的拇指、食指與小指伸直，中指與無名指彎曲。

衛兵先是愣了一下，然後立刻回以相同手勢。兩人彼此對望一眼，臉上同時露出意味深長的微笑。

「**我們是朋友。**」

用無聲的口形，兩人如此說道。

💀💀💀

復仇之劍要塞爲了迎接來自世界各地的傭兵與商旅，建造了大量旅店。這些旅店之中，「星辰之燈」無疑屬於最高等級。

除了富商，「星辰之燈」的目標客群還有頂尖的傭兵與冒險家。一流的專業人士，收入水準自然也是一流，在經歷了緊張刺激、甚至是九死一生的工作後，想好好奢侈一番也是人之常情，因此就算費用高昂，「星辰之燈」的生意依然興隆。

「星辰之燈」最大的特色，就是號稱「隨時隨地都能提供美味的食物」。

「星辰之燈」有二十四小時待命的客房服務，只要吩咐一聲，哪怕是深夜，也能享受豐盛又美味的熱食。這些餐點並不額外計費，旅店老闆早已精算過成本，有無論客人再怎麼會吃，自己肯定穩賺不賠的自信。

然而就在一個月前，這份自信被入住六〇一與六〇二號房的客人狠狠擊碎了。

「星辰之燈」設有魔導升降梯，因此樓層越高，房間收費越貴，六樓房間最高

級，平時少有人入住。旅店老闆一開始還爲六樓房間不再閒置一事高興，但很快他就笑不出來了。

入住六樓的是一組四男一女的客人，女性住六〇一房，男性們住六〇二房。他們每天透過客房服務叫餐的次數高達二位數，吃掉的料理數量超過五十人份。簡而言之，就是這群人令「星辰之燈」出現了虧損。

如果吃不完，還能認定對方是故意找麻煩，但這組客人每次都將料理一掃而空，完全沒剩下來，令旅店老闆找不到趕走他們的藉口。

要是毫無理由地驅逐客人，「星辰之燈」的聲譽將會大受打擊，仔細衡量損益後，旅店老闆只好咬牙忍耐，暗自決定將這組客人列爲黑名單，以後絕不接待。

這一天下午兩點，「星辰之燈」的侍者推著推車敲響了六〇二房的房門，車上盛滿剛出爐的料理與冰涼的啤酒。十分鐘前，這位侍者才將同樣分量的推車送入六〇一房。

「誰？」

房裡傳出詢問的聲音。

「客房服務。」

房門打開，一名金髮碧眼的俊秀青年探出頭來。確認沒有異常後，俊秀青年比了個手勢，同時低聲說道：

「我們是朋友？」

「我們是朋友。」

侍者一邊露出詭異的微笑，一邊低聲回答，然後沒收小費就走了。

看著侍者離去的身影，金風點了點頭，接著將推車推入房間。見到推車出現，克勞德與菲利立刻發出歡呼，拿起推車上的啤酒咕嘟咕嘟地喝下肚。

「哈啊——！活過來了！」

「感覺活著就是爲了這一杯啡！」

吐出充滿酒精氣息的感嘆後，兩人立刻伸手拿起第二杯，這時金風也加入他們的行列，三人咕嘟咕嘟地一口氣喝光了冰啤酒。

「呼——爽啦！」

「努力工作後來上一杯，再也沒有比這更幸福的事了。」

「沒錯。工作，休息，再加上冰啤酒。眞正勤勞誠懇的魔族，就是用這三種東西組成的啡。」

克勞德、金風與菲利一邊暢飲啤酒，一邊吐出像是剛脫離加班地獄的勞動者發言。一旁的智骨冷眼看著三人先前坐著的位置，那裡散落著滿地的撲克牌。

「……我說，你們會不會太鬆懈了？這裡再怎麼說也是敵營，再稍微有點警覺心如何？」

面對智骨的勸誡，克勞德三人極有默契地同時搖頭。

「吾友啊，適度的休息也是必要的。」

「別看我這樣，其實我的警覺心從來沒有放鬆過。」

「咕嘟咕嘟咕嘟咕嘟咕嘟咕嘟咕嘟——啡呃呃呃呃呃！」

智骨無言地看著他們，然後嘆了一口氣，視線重新落回手中文件。類似情況發生過太多遍，他已經習慣了。

「智骨，你也休息一下吧。反正計畫很順利不是嗎？」

「爲心友會會員超過一千人的成就，乾杯！」

「咕嘟咕嘟咕嘟咕嘟咕嘟咕嘟咕嘟——啡呃呃呃呃呃！」

看著舉杯慶祝的同僚們，智骨的心情有些複雜。

是的，最近一個月在復仇之劍要塞閃電崛起的神祕團體「心友會」，幕後黑手正是智骨一行人。

一開始，智骨只是想要建立可靠的情報管道而已。

想要接近克莉絲蒂．星葉，首要條件就是掌握她的行蹤，然而他們只有五個人，而且對跟蹤、監視或竊聽等間諜技術一竅不通，獲得對方情報的可能性無限趨近於零。

開拓小隊苦思數日，始終想不到什麼好辦法，眼見黑穹臉色越來越陰沉，眾人的胃也越來越痛。

「如果我們不知道怎麼監視，那就讓別人幫我們監視吧！」

在死亡壓力的逼迫下，智骨終於想出一個點子。這個點子的靈感源自於智骨第一次潛入復仇之劍要塞時，令瘋馬酒館店長湯姆．歐普言聽計從的關鍵道具——魔界治療藥水。

爲了這次任務，正義之怒要塞司令部提供了大量的治療藥水。

要是在潛入敵營期間負傷，很難保證能獲得及時且良好的救治，因此上面特地撥下一批治療藥水給開拓小隊，沒想到智骨另闢蹊徑，把這份體貼變成了操控人心的道具。

治療藥水控制效果雖好，可惜數量有限，要是控制的人太多，他們的藥水庫存支撐不了多久，在這麼短的時間內很難收集到有用情報；要是控制的人太少，一樣會有情報獲取不足的問題。

除此之外，服藥者的意志力也是一大隱憂。湯姆・歐普是個長期沉溺於酒色的軟弱中年男子，難以抵擋治療藥水帶來的成癮性，但對象要是換成軍人，效果恐怕會大打折扣，如果服藥者跑去檢舉他們，事情可就麻煩了。

爲了克服這個難題，智骨想出了配套計畫，靈感來自上次他們在魔界觀察團的要求下重建現場時，偶然遇見人類隊伍後發生的事——牛頭人流搶內褲遊戲。

雖然原理不明，但那遊戲確實令人類隊伍敞開了心扉，對智骨一行人洩露不少軍事機密。如果服藥者不認爲自己被威脅或操控，而是單純把他們當成朋友，說不定就會心甘情願地幫忙收集情報了吧？

由於實在想不出更好方法，所以眾人也只能姑且試試看。具體做法很簡單，首先想辦法把人聚集起來，將稀釋過的魔界治療藥水混入熏香或飲料裡給他們服用，然後一起玩搶內褲遊戲，最後大家就會變成感情很好的朋友了。

既然是朋友，幫忙打聽一點消息也很正常吧？不幫忙？那下次玩遊戲的時候不找你了哦？遊戲很好玩吧？越多人玩越好玩，所以多找點新朋友吧！

這個計畫乍聽之下有如兒戲，沒想到竟大獲成功！智骨的「朋友」越來越多，短短一個月內便突破了四位數。隨著心友會壯大，收集到的情報也隨之增加。一開始克勞德他們還必須親自下場跟人搶內褲，現在只要待在旅店裡，情報就會主動送上門。

只是情報實在太多了，所以他們每天都必須整理與篩選出有用的資訊，這種文書作業恰巧是克勞德等人最不擅長的事，於是絕大部分工作自然落到了智骨頭上。

自己想出來的計畫，結果卻給自己帶來多餘的負擔，這正是智骨心情複雜的原

因。

「……算了，也差不多該進行下一步了。」

長嘆一口氣後，智骨放下手中文件。克勞德等人聽到智骨的呢喃，也跟著放下啤酒杯。

「哦？要正式上了嗎？」

「必要情報已經收集得差不多了，而且藥水也不夠了。」

隨著心友會擴張，治療藥水的消耗量也跟著增加，就算努力稀釋，如今存量也只能再撐幾天。治療藥水一旦中斷供應，心友會肯定會分崩離析，他們必須趕在那之前完成任務。

「不能請上面再多提供一點嗎？」

「黑穹大人前幾天有飛回去申請，可是被拒絕了。治療藥水是戰略物資，爲了預防戰事突然爆發，倉庫裡的庫存不能動。」

「不是可以另外買啡？」

「新一批治療藥水還沒送到，要塞裡目前可以自由流通的數量已經全都沒了。」

無論魔界或人界，治療藥水都是難以入手的貴重品。這是因爲治療藥水乃是神之賜福，而非魔法產物。

唯有神殿才有辦法製造——這個千百年來無人能推翻的事實，令宗教團體得以保持相對超然的地位。

神殿爲了不讓自己成爲權力者的附庸，也想盡了各種方法，其中之一就是治療藥水的限量供應與流通管制。神殿製造的治療藥水至少有三分之一會流入市面，如果政府想強行徵收，就會召來人民的怨恨，除非是集權程度高到病態的獨裁國家，否則絕不可能獨佔治療藥水，但要是眞有那種國家，想必也不會允許境內出現像神殿這樣可以挑戰高層權威的存在吧。

「那就沒辦法了……好！爲了預祝作戰成功，乾杯！」

打著祈願的名義，克勞德三人再次舉杯。

深夜時分，「星辰之燈」六〇二房依然燈火通明。

房間裡的照明光源並非蠟燭，而是一種名叫燃油燈的物品。這是人界近幾年的新

與商品，亮度、穩定性與價格遠勝蠟燭，但遜於魔法道具，很受中產階級歡迎。缺點是燃燒時會發出難聞的氣味，不過越高級的燃油越沒有這種味道，就這點來看，「星辰之燈」的燃油顯然是便宜貨。

「那麼，從頭檢查一遍資料吧。有什麼意見儘管說出來，好當成作戰的參考。」

盤腿坐在椅子上的黑穹說道，儘管語氣表情極爲認眞，但她手中的大碗炒麵與嘴角的食物殘渣卻令現場氣氛怎麼也嚴肅不起來。

「是的，就由我來說明任務目標——克莉絲蒂．星葉——的特徵。」

智骨站了起來，然後低頭唸起手上的資料。

「克莉絲蒂．星葉，種族精靈，國籍世界樹，一百二十七歲，生日九月九日，身高一百七十二公分，體重五十八公斤，未婚，沒有關係親近的異性朋友，沒有不良嗜好。父親莫瑞根．星葉，母親艾娜．星環，還有一個妹妹名叫克拉蒂．星葉。星葉家是歷史悠久的貴族，在世界樹有巨大的影響力。用我們這邊的情況來比喻，應該就是七大公那樣的感覺。」

黑穹等人點了點頭，沒有發表意見。這些情報除了證明克莉絲蒂身分高貴之外，一點價值也沒有。

「九級法師，擅長光系元素魔法。劍術流派是繁花瞬光流，擁有大師資格。弓術五級。實力評價大約在輝銅至輝銀之間。曾帶兵剿滅災獸與擊退人類軍隊，並獲綬紫蔓動章與白十字星動章……」

黑穹等人點了點頭，依然沒有發表意見。實力方面的情報雖然珍貴，但他們不清楚人界技能分級標準，更別提搞懂那些動章究竟有什麼意義了。

「喜歡的顏色是銀色，喜歡的動物是貓，喜歡的料理是黃金蜂蜜雪霜，喜歡的飲料是寶鑽精靈紅茶，喜歡的酒種是蘋果酒，喜歡的作家是艾拉拉．夏露，喜歡的休閒活動是音樂，喜歡的運動是帕庫帕庫。」

一提到吃喝玩樂，黑穹等人立刻展露出高度的討論熱忱。

「黃金蜂蜜雪霜是甜點吧？眞想吃吃看。」黑穹說道。

「喜歡音樂呀，看來我跟她會很談得來。」克勞德說道。

「我也喜歡蘋果酒哦。」金風說道。

「等等，帕庫帕庫是什麼東西啡？」菲利說道。

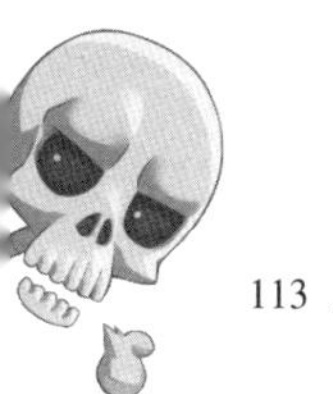

比起經歷與技能，個人喜好資訊的獲得難度明顯更高，唯有親近之人才可能弄到手，由此可知心友會已經滲透到克莉絲蒂身邊了。

「目前的職位是復仇之劍要塞軍事委員，但不太對要塞事務發表意見，沒有主動提出過任何議案。最常出現的地點是司令部與精靈軍團營地，很少出現在眾人面前。沒有過於醒目的事蹟，但有人稱她是『要塞的無冕女王』。」

聽完智骨的敘述，黑穹等人沉默許久。

根據這些資料，只要腦子沒問題，就可以看出克莉絲蒂有意壓低自身的存在感。這樣的人，不是另有圖謀，就是性格低調。

「原來如此，是個害羞的女生呢。」黑穹說道。

「這就是所謂的深閨千金吧。」克勞德說道。

「我跟這種類型的女孩子交往過。只要找對關鍵，會很容易攻陷哦。」金風說道。

「給我去死唦！」菲利說道。

於是黑穹等人直接得出了「絕對是後者」的答案。

「……眞的是這樣嗎？」

智骨一臉困惑地問道，在他看來，這麼快就做出結論實在有些草率，然而黑穹卻一臉篤定地回答：「絕對沒錯，就是這樣！」

「可是黑穹大人，目標帶過兵，也得到過勳章，卻在當上復仇之劍要塞軍事委員後沒有任何建樹，您不覺得有些奇怪嗎？」

「有什麼好奇怪的？不就是降級版的夏蘭朵嗎？」

智骨無言了，黑穹舉的例子非常有說服力。

夏蘭朵曾是亡者之國的女王，但在加入魔界聯邦、獲得不死軍團長一職後，變成了眾所皆知的超級宅女，整天躲在棺材裡裝死。讓人懷疑她當初是不是因爲懶得治理國家，才會加入魔界聯邦。

「黑穹大人說的沒錯，世界如此廣大，有像夏蘭朵大人那樣的精靈也不奇怪。」

「誰規定精靈一定要永遠努力奮鬥的？躺平不好嗎？」

「我這輩子最瞧不起的，就是那些老是要人認眞工作的傢伙啡！」

克勞德等人立刻大聲附和黑穹，吐出宛如薪水小偷的危險發言。**你們眞的知道自**

己在說什麼嗎？智骨很想這麼吐槽他們。

無論如何，既然頂頭上司發話了，那麼事情也就此定論。不管是軍隊、公務機關或民間企業，上司都是不可違逆的存在。如果上司說是黑的，那就一定不是白的；如果上司說跳樓的人不會死，那死的人一定有問題，所謂的階級制度就是這麼悲哀。

於是，克莉絲蒂的個性就這樣被人莫名其妙決定了，接著黑穹等人便根據這個基本人設，並結合手中的情報，進行了嚴謹的角色側寫。

「那麼，綜合了各位的意見，目標克莉絲蒂‧星葉應該是一個——」

智骨一邊看著手中的統計資料，一邊用音調毫無起伏的聲音說道：

「——害羞、溫柔、純潔、善良、富有知性與教養，不喜歡鬥爭，是個追求平靜生活的精靈。是嗎？」

黑穹等人用力點頭，顯然對這次腦力激盪的結果非常滿意。

「不隨便拋頭露面，肯定個性害羞。」黑穹說道。

「喜歡音樂，肯定跟我一樣溫柔。」克勞德說道。

「到現在都沒跟男性交往過，肯定心地純潔。」金風說道。

「害羞、溫柔又純潔，這樣的傢伙不可能不善良啡。」菲利說道。

這樣的結論眞的沒問題嗎？智骨很想這麼問他們，但說到究竟是哪裡有問題，他也講不出一個所以然。雖然從未懈怠過學習，但智骨畢竟只是個年齡僅一歲的不死生物，不懂的東西還有很多。智骨從不隨便論斷未知或不確定的事物，這種作風讓他避開許多無謂的麻煩。

「按照黑殼蟲的說法，最合適的作戰方案應該是這個！」

黑穹打開桑迪交給他們的攻略寶典目錄，纖細的手指指著其中一項分類。

極其突然地，克莉絲蒂·星葉的背部湧起一股寒意。

「請問有哪裡不對嗎，將軍？」

一旁部下敏銳地發現了克莉絲蒂的異狀，於是出聲詢問。

「……沒事。」

克莉絲蒂甩開有如驟雨般突然降臨的不祥預感，繼續進行視察工作。

此時的克莉絲蒂站在精靈軍團營地的演習場高台上，身邊圍繞著眾多護衛與部

下。高台下聚集了眾多精靈士兵，正分成兩支隊伍彼此對抗。

戰鬥極爲激烈，雖然禁止使用致死性攻擊，但仍然出現不少傷患。有的士兵被魔法轟擊，直接昏厥；有的士兵被鈍劍斬中，當場骨折；有的士兵眼中流矢，差點失明。

即使如此，演習依舊沒有喊停。

因爲這裡是最前線。

雖然目前處於停戰狀態，但誰也不知道魔界軍何時會打來。要是光顧著呼吸和平的空氣，讓精神與肉體變得遲鈍，很快就會被名爲戰爭的魔物吞噬，變成一具屍體，或是連屍體都稱不上的肉沫。

不僅精靈軍團，類似的演習也在其他軍團上演。能夠逃脫此等待遇的，就只有從第一防線與第二防線退回復仇之劍要塞，進行輪換休整的將士而已。

殘酷程度高到不像話的對抗演習很快就結束了，以其中一方的慘勝作爲收場。在那之後，克莉絲蒂與部下們一起回到指揮所，檢討演習成果。

「動作變遲鈍了，兩邊都是。」

檢討會一開始，克莉絲蒂便開口說道。面對上級的斥責，兩邊指揮官羞愧地低下頭。

「很抱歉。雖然我們一直沒有怠忽訓練，但果然還是受到了影響。」

「就算要求得再嚴格，實戰與演習終究有差。」

「休息是恢復士氣的良藥，不過要是喝得太多，藥也會變成毒吶。」

軍官們臉色凝重地看著面前的文件，上面記錄了歷次演習的各種數據，跟過去相比，成績明顯下滑。簡單來說，就是戰力變弱了，而且不只精靈軍團，其他軍團也是如此。

「難怪烈風劍聖一直堅持要攻打魔界軍，我有點能體會他的心情了。」

「說什麼傻話！維持戰力雖然重要，但我們的首要任務可是建造要塞，千萬不能本末倒置！」

「可是再這樣下去，會不會等到要塞建好，我們的戰力也衰退到不足以守住這座要塞了？」

「這種擔心沒有意義，到時大後方自然會派出更加精銳的軍隊前來增援。」

「……雖然我覺得不可能，但魔界軍該不會早就算到這一點，才會放任我們建造要塞吧？到時再像正義之怒那樣，把復仇之劍也奪走……這樣一來，我們等於幫他們蓋了侵略人界的第二座橋頭堡。」

這番推測雖然荒謬，但沒人敢說絕對不可能，畢竟對手可是陰險狡詐、卑鄙殘忍的魔族，誰也不知道他們究竟在謀劃些什麼。未知的敵人最難應付，雖然人界軍至今累積了不少關於魔界軍的資料，但要用來推測對方行動，情報量仍嫌不足。

「提升戰力最快的方法，大概就是強化協同戰鬥體系了吧……」

「夠了，那個議題沒有意義。不可能通過的。」

某位軍官提出了意見，但立刻遭到駁斥。

協同戰鬥——不同兵種之間彼此合作，發揮一加一大於二的效果。以人界軍的情況，就是不同種族之間的軍隊互相配合。

站在軍事角度，這本就理所當然，但事情沒有那麼簡單。協同戰鬥最重要的一點，就是確定指揮權，將所有軍隊納入統一的指揮體系，意即只能有一個頭，可惜這點人界軍辦不到。

沒有任何國家願意放棄自家軍隊的指揮權，這也正是復仇之劍要塞爲什麼會出現軍事委員會這種多頭組織的原因。如果由某個特別強大的國家主導，或許就能建立協同戰鬥體系了吧，可惜人界五國彼此之間的國力差距並沒有大到必須聽從他國臉色的程度。

如果人界軍眞的齊心合作，戰鬥力肯定會出現飛躍性的提升，可惜世上有太多沒辦法按照理論來進行的事情。

約半小時後，檢討會總算結束。帶著一如往常的優雅儀態，克莉絲蒂搭上回程的馬車。

馬車開始行駛後，在僅有自己一人的車廂裡，克莉絲蒂脫下從容的面具，露出疲倦的表情。她眉頭深鎖，心情非常糟糕。

演習成績不佳，這是一個非常危險的警訊。

人界五國的軍隊各有各的長處，但論起「士氣」或「戰意」這種心理方面的話題時，克莉絲蒂可以很有自信地說，精靈軍團絕對是諸國之冠。這是因爲精靈生來具備魔法天賦，因此人人從小就進行精神方面的修行，在鍛鍊魔法資質的同時，意志力也會跟著提高。

如果連精靈軍團都鬆懈了，其他軍團的情況只會更糟。

恐怕不只是太久沒有實戰……是因為要塞即將完成，讓士兵們產生了依賴心理嗎？還有之前的視察，那也很影響士氣。

在野外建立營寨、躲在堅固的城牆後面，哪個選項比較安全不言可喻。隨著復仇之劍要塞即將完備，將士們心中逐漸變得懈怠。另外，先前矮人特使拉蒙・炎金那粗暴的視察行為，也讓基層士兵對大後方充滿怨言。

這樣下去不行，必須想辦法改善。可是該怎麼做……

提高士氣這種事，說簡單很簡單，說困難也很困難。適度的休息、豐富的伙食、親友的鼓勵、晉升的承諾，這些東西都能刺激士氣。除此之外，也有愛國心、榮譽感或使命感這種不需花一分錢，就能煽動人們踏上戰場的便利工具。

只是第二次兩界大戰打到現在，人界軍這邊可以提高士氣的手段已經用得差不多了——至少在克莉絲蒂能決定的事務權限內是如此。

還沒用過的招數……勝利嗎？

勝利。

一個人人都喜歡，但不是人人都可以得到的東西。

經常打勝仗的軍隊士氣自然高昂，遺憾的是，人界軍至今一直是打敗仗的一方，這也是上層爲了維持士氣必須煞費苦心的主要原因。

哪怕規模再小，只要一場勝仗，克莉絲蒂就能大肆宣傳，鼓舞軍隊士氣，但就現實層面來考慮，這個願望很難實現。

從成本與效益來考量的話……塑造英雄……不，這個不行。

英雄人物也是凝聚士氣的有效手段，但人界軍情況太過複雜，很難塑造出令人欽佩的英雄。人類不會樂見獸人出風頭，矮人不會願意精靈被景仰，除非同時塑造出五個種族的英雄，但難度實在太高。

就在克莉絲蒂苦苦思索之際，馬車停了下來。她閉上眼睛深吸一口氣，下一秒，那位毫無破綻的克莉絲蒂·星葉又回來了。

車廂門被打開，當克莉絲蒂走出馬車的那瞬間，她便察覺到異狀。

門外風景與往常不同，並非司令部大門前的廣場，而是從未見過的開闊空地。一

群全副武裝的精靈士兵正圍著馬車，如臨大敵的模樣，怎麼看都不像是在迎接自己的上級。

「——唔？」

突然間，一股巨大力量籠罩克莉絲蒂，突如其來的沉重壓力迫使她單膝跪地。也因為這舉動，讓她發現地面正隱約閃爍著流光。

那是魔法陣。

根據自己的身體狀況與腦中所掌握的知識，克莉絲蒂可以斷定這是一個束縛系魔法陣，作用是剝奪目標的行動能力，並且封鎖周遭元素，製造出禁魔領域。

克莉絲蒂腦中立刻閃過「埋伏」這個字眼，但誰會埋伏她？又為何要埋伏她？

還沒等克莉絲蒂理清這些問題，一名精靈軍官走了出來。從胸前佩章來看，對方應該是高級軍官，但克莉絲蒂卻對他沒有印象。

「克莉絲蒂・星葉，為了守護人界的和平，請您放棄掙扎。」

精靈軍官面無表情地說道，聲音有如寒冰。

駐守復仇之劍要塞的五國聯合部隊有著各自獨立的營地，爲了避免無謂的衝突，這些營地並不相鄰，而是以司令部爲中心座落各處，若從天空往下俯瞰，看起來就像一個五芒星。

從精靈軍團營地到司令部之間，有一段罕見人跡的道路。那是預計要建設集合式住宅——也就是提供給平民居住的房屋——的地點。

復仇之劍要塞的目標是跟正義之怒要塞一樣自給自足，因此日後勢必要讓非軍事性的生產人員入駐，這些集合式住宅就是爲此而準備的，只是因爲優先順序很低，所以到現在還沒有動工，只有大批建築材料堆積於此。

正因如此，在某些有心人眼中，這裡便是伏擊他人的最佳場所。

在某個用石磚堆積成的小山後面，一群不懷好意的魔族正聚集於此。黑穹、智骨、克勞德、金風與菲利，開拓小隊全體到齊，除了金風以外，其他人全都穿著黑斗篷，並拉上兜帽，充分詮釋了什麼叫作可疑人物。

「好了，再過五分鐘，目標就會通過這裡。最後重複一遍大家各自負責的任務。」

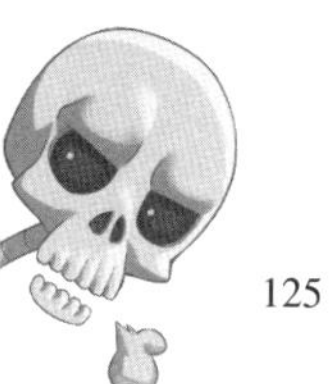

黑穹雙手抱胸，神情嚴肅地看著眾魔。

「是！我的任務是從左邊發動突擊，打倒護衛！」克勞德說道。

「我的任務是從右邊突擊，打倒護衛。」菲利說道。

「我的任務是用魔法牽制對方。」智骨說道。

「我的任務是解救目標。」金風說道。

「很好。作戰名爲——『盛開於絕望盡頭的戀愛之花』，機會只有一次，千萬不准搞砸！」。

「「「「是！」」」」

智骨等人大喊，一點也沒有正在祕密行動的自覺。看著幹勁滿滿的部下，黑穹滿意地點了點頭。

英雄救美——便是此次作戰的本質。

雖然略嫌老套，但經典之所以是經典，就是因爲它歷久不衰。況且在分析了目標對象的個性與特色之後，再也沒有比這更適合的招數了。

「……不過根據情報，目標的護衛至少有三十人。我們的人數只有對方的十分之一，有可能被目標逃脫啊。」

「要是可以動員心友會就好了啡。」

克勞德與菲利突然低聲呢喃，顯然對這次的作戰有些不安。

就算魔族個體實力遠勝人界軍，而且還有黑穹這張王牌壓陣，但精靈是擅長魔法的種族，而魔法是化不可能爲可能的技術，若是目標一心逃跑，在黑穹不顯露本體的前提下，他們沒有絕對的把握可以攔下對方。

「不行，心友會只能用來收集情報，如果要實際行動，他們靠不住。」

一旁的智骨立刻反駁兩人。

襲擊對象若是一般人，心友會或許還能派上用場，但換成克莉絲蒂．星葉這種人盡皆知的權力者，他們沒膽量也沒理由動手，只能智骨等人自己來。

「總之，重點是奇襲。一定要在最短時間內打倒所有護衛，交給你們了。」

「知道了，你也小心別失手，智骨。」

「話說回來，五分鐘早就過了吧？怎麼還沒來啡？」

「大概遇到什麼意外了吧，這種事很常見。」

能夠確實按照行程表工作是一件很了不起的事，但正因爲少有人做到，所以才值得稱讚。站在智骨等人的立場，沒資格對克莉絲蒂的遲到抱怨什麼。

就這樣，於是開拓小隊繼續在原地潛伏。

直至太陽西沉，他們依然沒有等到此行的目標。

03. 大家都是朋友

這是一個被厚重石壁包覆，沒有絲毫光源的房間，雖然擺放著家具與被褥，但牆壁、地板與天花板卻刻著擁有禁錮效果的魔法陣。一言以蔽之，就是高級牢房。

克莉絲蒂安靜地坐在床上，此時的她閉著雙眼，整個人彷彿與黑暗融爲一體。

克莉絲蒂沒有試圖逃跑，她知道那是無謂的。這處牢房是復仇之劍要塞最堅固的房間，由於原本打算用來監禁魔族戰俘，所以無論設計或材質皆是最高規格，一旦被關進來，哪怕十五級魔法師也無法逃脫。

這間牢房自從蓋好後就一直沒有啓用，直到今天才迎來首位客人。諷刺的是，它迎接的對象並非魔族，而是這座要塞的最高權力者之一。

厚重鐵門外響起微弱的腳步聲，克莉絲蒂緩緩睜開雙眼。

「很遺憾在這種情況下見到妳，克莉絲蒂．星葉。」

雖然隔著鐵門，但克莉絲蒂依舊可以判斷出對方是精靈。每個種族的聲音皆有特點，當然也不能排除對方刻意僞裝，但應該沒有必要。

「見面？可惜我什麼都沒看到，只聽見藏頭露尾的鼠輩的聲音。如果不是無顏見人，進來讓我一睹尊容如何？」

「請容我拒絕。雖然我也想就近欣賞您的美貌，但十級法師的能耐不容小覷，要是讓您找到機會逃脫，那就麻煩了。」

「我是九級。」

「不，您是十級。」

對方的回答極爲篤定。克莉絲蒂瞇起雙眼，臉色凝重。

她的魔法等級已到十級，這件事僅有極少數人知道，就連她的妹妹都不曉得。對方能夠得知此事，背後意義十分重大。

「你是誰？」

「比起星葉家近百年來最耀眼的新星，我只是個不值一提的小角色。以後等您出來了，自然會知曉。」

「哦——？你還打算放我出來？」

「當然。如果想要您的命，又何必將您關在這裡？其實我也不想這麼做，只是爲了守護這個世界，不得不暫時委屈您。」

「守護世界？就憑你？」

「不是靠我，而是靠每一個心懷正義與勇氣的人。四百年前的悲劇不容重演，爲了守護世界，必須盡早驅逐魔族，綏靖主義絕不可行。」

克莉絲蒂微微點頭。這下可以確定了，對方是主戰派一系的精靈，不祥預感果然應驗。

「所以呢？把我關起來後，你又能做什麼？兵變嗎？你或許可以操控部分士兵，但號令不了整個軍團，其他軍事委員也不會允許你亂來。」

克莉絲蒂猜想對方大概暗中煽動了一些對現況不滿的軍官，利用他們監禁自己。以主戰派的人脈與勢力，要做到這件事並不難。

然而，在那之後呢？

奪取兵權？沒有聖樹之心的正式任命書，要塞裡的精靈軍團不可能服從對方。就算眞的被奪走兵權，其他四國軍隊也不可能眼睜睜看他做出傻事。在克莉絲蒂看來，囚禁自己一事毫無意義。

「請放心，我已經獲得聖樹之心的授權，出任復仇之劍要塞精靈軍團指揮官一職。」

克莉絲蒂聞言不禁皺眉，對方這句話意味著主戰派已經得勢。可自己爲什麼沒有收到風聲？這麼重要的消息，星葉家應該會第一時間派人告訴她才對。

「哦？恭喜你。既然我已經不是指揮官了，又爲什麼要把我關起來？」

「是爲了避免無謂的意外。如果您在交接時刻意拖延，或是暗中動了什麼手腳，我會很困擾。」

「我覺得你應該擔心的，是對我做出這種事的後果。」

「的確，那也很令人困擾。但比起守護世界的大義，我個人的犧牲微不足道。」

是眞的有承受星葉家報復的覺悟嗎？還是早就做好應對策略，故意調侃自己？情報不足，克莉絲蒂無法判斷是哪一種。

「另外，其他軍事委員的事也同樣不勞費心，他們不會構成妨礙。」

「是嗎？勸你別小看他們。那些軍事委員雖然乍看之下很不像樣，但其實挺有能耐的哦。」

「請放心，大家都是想要守護世界、心懷大義的同志，我想我們一定會合作得很愉快。」

聽起來就像是不知天高地厚的笨蛋吐出的傻話，但克莉絲蒂不覺得對方如此愚蠢。主戰派肯定還做了某些準備，會是什麼？

「今晚與您聊得很愉快，可惜明天我還有很多要事必須處理，請容我先行告退了。」

「等等，我妹妹她怎麼樣了？」

這是今晚對話中，克莉絲蒂唯一一句出於私人情感所提出的問題。

對方沒有回答，就這樣直接離開了。

突如其來的敲門聲喚醒正沉浸於知識之海的年輕人，他的視線從手中的厚重書籍移到牆邊大鐘，上面顯示的時間是九點五十分。

「時間到了啊，真快。」

阿提莫一邊抱怨，一邊將書籤夾進還沒讀完的那一頁。雖然還想再看一下，但等會兒就要開會了，還是晚點再說。

阿提莫合上書本，從書名來看，這是一本有關戰爭史的書籍。

如果是以前的阿提莫，只會把這類書籍視爲廢紙，但現在的他已經不再這麼想了。要成爲王者，必須對各個領域的事情都有所涉獵，不一定要精通，但至少要做到不會被那些自稱專家的騙子欺瞞的程度。

要做到這點，必須大量吸收知識，讀書或請教他人都可以，總之就是不斷地學習，絕不能中途停止。阿提莫最近時間一直不夠用，並且深深怨恨著過去那個荒廢時間的自己。

他把書放回書櫃，然後走出辦公室。兩名隨從已在門外等著，他們以一前一後的陣勢保護阿提莫，然後前往會議室。

「哦，波魯多，早安。」

「啊啊，早。」

阿提莫向中途遇到的矮人老友打招呼，對方沒什麼精神地回應了他。阿提莫聞到了對方口中的淡淡酒氣，但他假裝什麼也沒發現。

「發生什麼事了？爲什麼突然召開緊急會議？」

波魯多說完打了一個大大的哈欠。阿提莫訝異地看著他。

「……你不知道？」

「我最近一直在畫設計圖，已經兩天沒睡了。閃耀者在上，那些白痴眞該被扔進火爐裡燒死！」

波魯多一臉不滿地抱怨起部下的無能。

建設復仇之劍要塞是一件極其龐大且複雜的工作，波魯多不可能一個人包辦所有大小事。他的做法是把工作拆分成諸多小項目，交由部下分別處理，自己居中統籌。

不久前，有一段正在施工的地下水道發生坍塌，經調查發現那邊地質偏軟，根本不適合進行地下工程。當初的項目負責人爲了貪圖省事，根本沒做地質勘查工作。爲了處理這個問題，波魯多最近忙得暈頭轉向。

「熬夜還喝酒？」

「不喝怎麼幹得下去？酒這種東西就是用來提神的！」

阿提莫頓時無語。他總覺得矮人的肝臟是某種超越人智的東西，否則無法解釋他們那種把酒當水喝的習性。

「哎，算了，別提那個了。究竟發生什麼事了？」

阿提莫用眼角餘光看了下周圍的隨從，然後用僅有他們兩人才能聽見的音量說道：

「咱們這座要塞的無冕女王，昨晚好像失蹤了。」

「什麼！失蹤——？」

波魯多聞言忍不住大叫，引來侍從們的側目。阿提莫一臉無奈，他以為自己剛才幹嘛要壓低聲音跟他說話？這傢伙的腦子果然被酒精泡壞了。

看到阿提莫的眼神，波魯多總算察覺到自己做了蠢事。他咳了兩聲，然後對阿提莫眨眨眼，意思是：「怎麼回事？」，但阿提莫沒再搭理他，不管波魯多再怎麼使眼色也一樣。

兩人就這樣一路無語地來到會議室，推開大門，獸人豪閃與侏儒巴沙已坐在裡面。

「時間到了，會議開始。」

等阿提莫與波魯多一入座，豪閃立刻開口說道。

阿提莫心想果然沒錯，除了旁邊那位喝酒喝到連自己是誰都忘掉的友人，其他人都知道克莉絲蒂失蹤的消息。從他們急著召開會議的反應來看，這個消息應該是真的，只是不知道究竟是獸人還是侏儒先確認了此事。

接下來應該是提案組織搜索隊了，就像我那時一樣。

阿提莫想起自己當初被自稱純風隊的怪異集團綁架的經歷，也想起了那位少女的容顏。他嘴角微微上扯，但很快就用意志力將它拉回來，畢竟現在的場合與地點不適合微笑。

然而接下來豪閃所說的內容，與他的想像截然不同。

「在那之前，我要先宣布一下復仇之劍要塞軍事委員會的人事異動。克莉絲蒂・星葉從現在起卸任軍事委員一職。她的位子，將由這位精靈接任。」

豪閃面無表情地說出了宛如重磅炸彈般的消息。在阿提莫與波魯多錯愕的目光中，會議室大門被打開了，一名精靈男子面帶微笑走了進來。

「各位好，我是泰爾倫斯・月蔓，今後將會與各位共事一段時間，請多多指教。」

「等一下！」

阿提莫猛然站起，打斷精靈男子的自我介紹。

「更換軍事委員？為什麼我完全沒有收到消息！」

「咦，對啊？這麼重要的事，我怎麼會現在才知道？」

波魯多也終於擺脫連日熬夜與酗酒造成的迷糊狀態，嚴肅地提出質問。

復仇之劍要塞軍事委員會由五大國共同籌組的軍事指揮機關，要是其中一國打算更換軍事委員，自然須先與其他國家打聲招呼。然而阿提莫與波魯多完全沒有提前收到這方面的消息。

「因為是臨時決定的事情。可能太過倉促，神聖黎明與火圖還沒來得及通知兩位吧。」

「不可能！我們跟後方聯絡最多只需要四小時。再怎麼倉促，也不至於連這點時間都沒有！」

人界軍有飛空艇與翼獸，緊急時刻也能使用魔法通訊，這個名叫泰爾倫斯的精靈顯然在說謊。

「抱歉，我要向本國確認，在那之前，我不承認你的軍事委員身分。這是必要程序，請你見諒。」

「我也一樣。」

阿提莫嚴肅說道，波魯多也表態站在好友那一邊。

「原來如此，我明白兩位的想法了。」

泰爾倫斯先是點了點頭，然後一臉遺憾地說道：

「果然，你們也是只想著爭權奪利，完全不顧人界安危的投機分子。爲了大義，我們不得不請兩位暫時退場。」

「什麼？」

阿提莫困惑地反問道，就在這時，他的背後傳來一道聲音。

「意思是，接下來沒你們的事了。」

那是豪閃的聲音。

剛才明明還坐在椅子上的獸人劍聖，瞬間出現在阿提莫身後。阿提莫還來不及回頭，後腦便遭到重擊，就此失去了意識。

「阿提莫！該死的蠢貓，你在幹嘛？」

波魯多大聲質問，同時一拳揍了過去。豪閃用左掌輕鬆接住這一拳，然後右拳有如閃電般擊中波魯多的下巴，波魯多的頭整個往上揚起，然後倒地不起。

「我從很早以前就想這麼做了。」

豪閃冷冷說道，但波魯多已徹底昏死過去，根本聽不到了。

「不愧是劍聖，果然身手不凡。」

從剛才就一直沒說話的巴沙立刻鼓掌稱讚，豪閃沒理他，而是轉頭看向泰爾倫斯。

「這樣就行了吧？」

「是的，感謝您的出手，烈風劍聖。」

「你應該知道這麼做會有什麼後果吧？」

「當然。請放心，當奪回正義之怒要塞後，一切的質疑與指責都會隨風消逝。」

「這樣最好。」

豪閃冷酷地點頭，然後打開會議室大門，對著外面喊道：

「來人！把裡面那兩個躺在地上的廢物收拾一下。」

門外立刻擁進數人，他們全是豪閃與巴沙的隨從，至於阿提莫與波魯多的隨從早就被制伏了。豪閃看著被抬走的兩人，頭也不回地問道：

「你呢？不要我們這邊已經解決了，你那邊卻還沒擺平。」

「請放心。肅清行動從昨晚就開始了，最遲今晚就能處理好。」

抓住克莉絲蒂後，泰爾倫斯立刻著手接管復仇之劍要塞的精靈軍隊。雖然他有聖樹之心的命令書，但這次人事變動太過倉促，再加上克莉絲蒂不在場，許多中下級指揮官難免心生疑慮，拒絕服從泰爾倫斯的指揮。爲了接下來的大行動，必須徹底清理這些頑固分子。

就這樣，復仇之劍要塞正式拉開動盪的序幕。

兩名精靈奔馳於人來人往的街道上，他們身後緊跟著數十名全副武裝的精靈士兵。根據雙方的表情，可以判斷他們是屬於追捕者與逃亡者的關係。

由於精靈士兵的裝備較爲沉重，而且路上行人眾多，精靈士兵不敢貿然射箭或使用魔法，因此雙方距離越拉越遠。在經過不知第幾個轉角時，精靈士兵終於在某三岔路口追丟了那兩名精靈。

「分頭追。找到人就立刻發閃光箭通知大家，不要直接跟他們打，用數量優勢壓制他們。」

像是小隊長的人下達了指示，精靈士兵們立刻依令行事。

就在精靈士兵離開後不久，位於一堆木箱旁邊的地下水蓋板突然移動，兩名精靈從裡面鑽了出來。

「我就說這招有用吧？傭兵朋友教我的。」

其中一名女精靈笑嘻嘻地說道。她有著一頭亮金色長髮與深綠眼眸，散發年輕人特有的活力氣息。

「現在不是笑的時候，二小姐。」

另一名男精靈無奈說道。他年紀較長，頭髮與眼睛與女精靈同色，但顏色較淡。

兩名精靈就這樣蹲在牆角談話，模樣可疑至極。路人們雖然將剛才的一切盡收眼底，但沒有跑去找精靈士兵告發他們的意思。這些路人大多是其他種族的人，懶得管精靈的閒事。

「接下來怎麼辦，莫拉？」

「先找個安全的地方再說。您有什麼建議？」

「我常去的酒館如何？那裡的老闆可以信任。」

「不行。閒雜人等太多，我們的行蹤可能會被賣掉。」

「軍營？」

「現在那裡正是最不安全的地方。」

這兩名精靈正是克拉蒂與莫拉，他們是從司令部逃出來的。

今天早上，就在克拉蒂打算如同往常一樣出門時，突然被一群精靈士兵攔下，硬是將她逼回了房間。即使克拉蒂搬出了姊姊的名字，那些精靈士兵還是面無表情地執行命令。

克拉蒂察覺情況很不對勁，於是假裝順從，然後用巧妙的手段溜出房間，並且找上了同樣被軟禁在個人寢室的莫拉。兩人聯手逃出司令部，可惜中途被發現，所以才會出現先前那一幕。

克拉蒂又提出了數個地點，但都被莫拉一一否定。眼看克拉蒂實在想不出什麼好地方，莫拉暗自嘆了口氣，決定掀開自己擁有的底牌。

莫拉對自己是祕密結社成員一事有相當的自覺，因此每到一個新地方，都會準備一個或數個避難所。或許是地窖，或許是馬廄，或許是洞窟，或許是枯井，總之他會尋找不起眼的地方，並在那裡囤積物資，以備不時之需。

像這樣的避難所，莫拉在復仇之劍要塞有三處，如今他便帶著克拉蒂前往其中之一。那是位於倉庫區的某個大型倉庫，莫拉偷偷挖穿倉庫的牆角，在裡面設置了夾層密室。

「這是什麼啊？」

來到避難所後，克拉蒂立刻訝異地四處打量。

這裡面積大約三百平方公尺，空間呈現極端的長方形，雖然不適合居住，但作爲臨時據點可說綽綽有餘。裡面儲備了一週份的乾糧和飲用水，當然也有衣物、金錢與武器。

「……我自己做的祕密基地。」

「祕密基地？爲什麼你要做這個？」

「小時候很喜歡這類遊戲，不知不覺就變成習慣了。」

莫拉隨便編了個連自己都覺得很爛的藉口，沒想到克拉蒂竟一臉認同地點了點頭。

「我懂。我小時候也很喜歡玩這個，我還蓋過樹屋哦。」

「哦。」

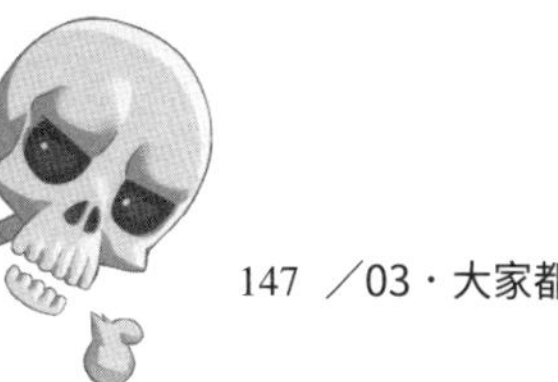

「平常看你老是板著一張臉，沒想到也有幼稚的一面。」

「……讓您見笑了。」

莫拉一邊忍住大吼「誰幼稚啦！」的衝動，一邊收拾避難所裡的東西，很快整理出足夠兩人坐下的空間，還順便倒了兩杯水。

「好了，二小姐。究竟是怎麼回事？」

等克拉蒂喝完杯裡的水，莫拉立刻開口問道。

「我也不知道。」

遺憾的是，克拉蒂也不清楚狀況。她只知道有一群精靈士兵聲稱「奉指揮官命令」，要她待在房間裡不准亂跑。不管克拉蒂如何詢問或挑撥，那些士兵始終緊閉嘴巴，不肯透露半點訊息。

「你呢，莫拉？爲什麼你也被關起來了？」

「……我不知道。但如果我猜的沒錯，大概是因爲您的關係。」

「我？」

「我是您的護衛。在其他人看來，我大概是站在大小姐那邊的人吧。」

「咦？」

克拉蒂愣了一下，然後立即領悟到莫拉的言外之意。

「你是說……兵變？」

「很有可能。對方說了『奉指揮官命令』，但可沒說是哪個指揮官。更何況如果是大小姐，有必要對您做這種事嗎？」

「那姊姊她——！」

「噓！請小聲一點，這裡的隔音沒那麼好。」

莫拉做出噤聲手勢，克拉蒂連忙捂住嘴。兩人沉默地聆聽四周動靜，待確定沒問題後，莫拉壓低聲音繼續說道：

「大小姐應該沒事。如果他們真的殺害了大小姐，絕對不會放過您的，但現在只是軟禁您而已。我猜大小姐是被關起來了。」

「我們必須救出姊姊！她會被關在哪裡？」

「……請讓我想想。」

莫拉露出思考的表情。克拉蒂見狀，也跟著一起想辦法。

……媽的！爲什麼我會被捲進這種事？都是這對白痴姊妹！

此時的莫拉其實根本沒在思考，而是暗中痛罵克莉絲蒂與克拉蒂。

妹妹是蠢蛋，姊姊也好不到那裡去。平常一副高高在上的樣子，結果連麾下軍隊都管不好。竟然被兵變？一點預兆都沒發現？無能也該有個限度！

老實講，莫拉完全不在意自己的頂頭上司是誰。無奈的是，明明自己完全沒有那個意思，對方卻擅自將他劃入星葉姊妹的陣營。事到如今，就算他把克拉蒂賣了，對方也不會相信他，甚至可能直接處決掉他。跟星葉家比起來，像他這樣的小角色死多少都無所謂。

莫拉很想把這件事報告給眞理庭園，詢問一下上面的意見，可惜一直找不到機會。現在的他可不敢讓克拉蒂隨便離開自己的視線，想必克拉蒂也是如此，不會輕易離開自己吧。

如果這次事件是眞理庭園所爲，應該會提前通知我。也就是說，這是眞理庭園也沒有掌握到的意外事件……

莫拉逐漸釐清狀況，接下來的問題，就是如何解決眼前的麻煩了。

老實講，這很困難。

雙方實力相差太大，他們只有兩個人，對方卻是一整支軍隊，能夠動用的資源更是不在同一個量級。可能的話，真想乾脆舉手投降，但就算真這麼做，自己的下場恐怕不會多好，所以只能選擇頑抗到底。

「莫拉？你想到了嗎？」

「……很抱歉，我想不到，可能的地點實在太多。要救出大小姐，我們只有一次機會，必須收集更多情報，才能確保行動成功。」

「那——」

克拉蒂正想說些什麼，莫拉舉手打斷了她。

「所以——我要找朋友。」

沁涼的月光被厚重雲層遮斷，鑲嵌於穹蒼的燦爛星辰同樣不見蹤影，今晚乃無光之夜。

位於最前線的復仇之劍要塞理所當然有宵禁規定，晚上八點之後，原本喧鬧的要塞便會化身沉默的世界。街道上幾乎看不見燈火，走在路上的大多是巡邏士兵。

深夜時分，克拉蒂與莫拉來到了某棟豪華宅邸之前。

「你的朋友住在這裡嗎？看來地位不低呢。」

克拉蒂一臉驚訝地說道。

復仇之劍要塞工程逐漸進入尾聲，隨著那些第一建造順位的建築物陸續完工，許多權勢人士也開始動用關係，讓工程隊伍將自己的產業建設排入接下來的建造名單。眼前宅邸顯然就是這樣的產物，能在這個時間點擁有如此豪華的房子，屋主不是高級軍官就是大貴族。

當然，星葉家若有此意，也能擁有比眼前宅邸更加豪華的房子，但那沒有意義。在最前線，安全性比舒適性來得重要，這正是星葉姊妹寧願住在司令部的原因。

「對了，你朋友叫什麼名字？」

克拉蒂順口問道，心想對方肯定是某個背景雄厚的精靈，自己或許也曾聽過對方的名字。莫拉沒有回答，只是眼神凝重地看著宅邸。

「莫拉？」

「……二小姐，先前您答應我的兩件事，還記得嗎？」

「嗯？你是指『不能說話』跟『不要驚訝』嗎？我當然記得。」

「那麼從現在開始，請妳執行這兩件事。」

克拉蒂有些困惑地看著莫拉。莫拉臉色非常嚴肅，克拉蒂猶豫了半晌，然後點頭同意了。

「好的，請您千萬要遵守約定。我的朋友……有點奇怪，您要是違背約定，我們很可能會被趕出去。」

莫拉說完便走向宅邸大門，克拉蒂立刻跟上。莫拉在大門前停了下來，並且拉了拉懸吊於大門旁邊的繩索。即使隔著門板，依稀能聽見屋裡的鈴聲。過了不久，門上小窗傳出聲音。

「請問是哪位？」

莫拉用背部遮住身邊克拉蒂的視線，一邊對窗口比出手勢，一邊低聲說道：

「我們是朋友。」

門立刻打開了，一名侏儒滿臉笑容地迎接莫拉。

「歡迎你，我的朋友！你來得剛好，今晚的聚會正要開始。」

「我的朋友，我很樂意。只是在參加聚會之前，我需要一點幫助。」

「哦？請進，我當然願意幫助朋友。」

侏儒笑著讓兩人進屋。

屋裡大廳站了十幾個人，侏儒、精靈、矮人、獸人、人類，五個種族無一遺漏。

這些人有男有女，有老有少，穿著體面，氣度不俗。克拉蒂眼中綻放好奇的光芒，但她謹記約定，面帶微笑，閉口不語。

「我的朋友，你遇到了什麼問題？」

侏儒屋主笑著問道：

「我想知道克莉絲蒂・星葉的下落。」

莫拉低聲回答。侏儒臉上笑容頓時一滯。

「……我的朋友，你給我出了個難題。」

「我的朋友，你知道些什麼，對吧？」

「是的，我知道。」

「可以告訴我嗎？」

「不行。」

侏儒搖了搖頭。克拉蒂見狀往前踏了一步，就在她準備開口時，莫拉伸手阻止了她，並且露出嚴厲的眼神。克拉蒂想起約定，於是退了回去。

「我的朋友，爲什麼不行？如果是報酬的問題……」

「不不不，不是那個問題。別忘了，關係疏遠的對象才會談論報酬，朋友之間該談的是互助互信，而我們是朋友。」

「是的，我們是朋友。」

「很高興你沒忘記這件事，我的朋友。正因爲是朋友，所以才不想讓你送死。想救出克莉絲蒂．星葉，僅憑你們兩人是絕對不可能的。」

「這是我們自己該煩惱的問題。請別幫我們決定，我的朋友。」

「是嗎……這位女士，妳想拯救自己姊姊的心情，我能理解，但妳不覺得還有其他更聰明的選擇嗎？例如逃出要塞，回到世界樹尋求援助，成功機率肯定會更高。」

侏儒屋主的視線落到克拉蒂身上。克拉蒂看著莫拉，用眼神詢問自己是否可以開

口了，然而莫拉只是輕輕地搖頭，接著對侏儒屋主說道：

「我的朋友，感謝你的建議。只是無論如何，我們都必須先見上克莉絲蒂．星葉一面才行。」

「我的朋友。勇敢與魯莽往往只有一線之隔。你揹負著什麼嗎？或是，你想要揹負些什麼呢？」

「所謂的生命，就是揹負著某種事物而前進。當你不再揹負時，當你不再前進時，生命也就不再是生命。」

「原來如此，很棒的覺悟。那麼，爲了讓自己能夠揹負得更多，爲了自己能夠走得更遠，你覺得需要什麼？」

「朋友。我需要朋友。」

「是的，一個人的力量終究有限，我的朋友。」

看著眼前的兩人，克拉蒂露出了「雖然聽不太懂可是好像很厲害」的表情。莫拉與侏儒屋主後段的對話完全跳脫現實，躍入了某種可稱之爲哲學的層次。

莫拉姑且不提，侏儒屋主能有這樣的表現其實十分罕見。侏儒是十分現實的種族，他們重視物質遠勝於心靈，這也正是侏儒一族不盛行魔法的原因。只是所謂物極必反，一旦有侏儒勘破現實之壁，領悟到神祕的意義與眞諦之後，往往能夠獲得極高成就。這些侏儒的最終歸宿，正是侏儒之國最強魔法師集團——命運之環。

難道眼前這位侏儒屋主就是命運之環的成員？克拉蒂心想。據說命運之環的侏儒法師們最少都是十級以上的魔法高手，如果這樣的強者願意協助，救出克莉絲蒂的把握肯定大增。

在克拉蒂希冀的目光注視下，莫拉與侏儒屋主的對話仍在持續，而且話題已延伸到人生、自然與神明的交匯證據了。兩人的交談引來大廳其他人的注意，不少人走了過來，一邊聆聽這番充滿哲理的對話，一邊點頭或搖頭。最令克拉蒂驚奇的是，就連那些外表粗獷的獸人們似乎也聽得懂！

竟然擁有如此見識……難道，這些獸人全是武神塔的挑戰者？

不怪克拉蒂吃驚，畢竟獸人在某種層次上比侏儒更加現實。由於與生俱來的恐怖蠻力，獸人一族習慣靠肌肉說話，他們崇尚肉體本身的力量，對魔法這種看不見也摸不到的事物嗤之以鼻。

雖然獸人的魔法文化幾近於零，卻沒有魔法師敢隨便招惹他們。究其原因，在於獸人開創了一條其他種族完全無法複製、以力量擊破魔法的全新道路，此路的終點，即為劍聖。

想成為劍聖，必須挑戰武神塔；想挑戰武神塔，必須領悟肉體與自然的奧祕；想要領悟這種奧祕，痴愚無知之輩絕對辦不到。

在場獸人們聽得懂這些深富哲理的對話，肯定不是痴愚無知之輩。只有智勇兼備的獸人才有挑戰武神塔的資格。這種層級的獸人，在軍中絕對是高級軍官。

既然在場的侏儒與獸人如此不凡，其他精靈、矮人與人類自然也不會是庸碌之輩。如果他們願意幫忙，救出克莉絲蒂絕對不成問題！

克拉蒂滿臉期待地看著莫拉，希望他能順利說服眾人。

莫拉與侏儒屋主的對話仍在繼續，不過話題轉換到較為實際的層面，那就是「我為何要幫助你的朋友？」。

俗話說敵人的敵人就是朋友，但朋友的朋友不見得是朋友。在沒有利益牽扯的情況下，「朋友的朋友」與「陌生人」其實是同義詞。

正常情況下，沒人願意平白無故為陌生人流血。會做出這種事的人，不是基於一時衝動，就是被英雄主義的幻想沖昏了頭。克拉蒂能夠理解，如果親友與陌生人同時遇難，兩者只能擇一拯救，她肯定會選擇前者。

克拉蒂非常樂意支付報酬請這些人幫忙，無論對方開價多少，星葉家都付得起。然而包括侏儒屋主在內，大廳眾人似乎都不願這麼做。

……原來如此，他們是某種互助組織。

克拉蒂終於搞懂他們究竟是什麼人了。

這類組織通常以人際關係為紐帶，成員之間彼此扶持、互相幫助。驅動他們的是情誼，而非利益。

眼見莫拉在這場辯論中逐漸落入下風，克拉蒂覺得自己必須做些什麼，好減輕莫拉的負擔。

「——我也想成為你們的朋友！」

克拉蒂突然開口說道。

大廳頓時安靜下來，每個人都訝異地看著克拉蒂。

「我有這個榮幸成爲你們的朋友嗎？」

克拉蒂又提高音量重複了一次。

驚愕的浪潮迅速退去，眾人神情也跟著改變，對克拉蒂投以柔和的目光。然而莫拉卻不知爲何露出了慌張的表情。

「二小姐！妳在胡說什麼啊？請別鬧了，現在不是開玩笑的時候！」

「我不是在開玩笑。我是眞心想成爲大家的朋友！」

「不是，妳根本沒搞懂！我們是——」

莫拉似乎想解釋什麼，但他的聲音很快被眾人的鼓掌聲淹沒。

這時，一名女獸人的手掌搭上克拉蒂的肩膀，其他女子也圍了過來。莫拉與克拉蒂就這樣被強行分開了。

「歡迎妳，朋友。」

女獸人對克拉蒂露出燦爛的笑容，其他女子亦是如此。

💀💀💀

復仇之劍要塞建設初期，軍事委員會的成員們全都住在要塞司令部裡。對外說法是軍事委員們忙於工作，爲了節省通勤時間才這麼做。事實上，只是因爲早期要塞的防禦與生活設施並不完整，住在要塞司令部反而更方便，此事可謂公開的祕密。

隨著時間過去，復仇之劍要塞的基礎建設逐漸齊全，然而軍事委員們卻遲遲沒有搬遷的打算，直到現在還住在司令部裡。這個舉動獲得不少基層的好評，認爲軍事委員們勤勞儉樸，爲了節省預算與人力，竟連私人官舍都願意放棄。

然而，這其實完全是誤解。軍事委員們不是不想搬出去，只是因爲當初在建造司令部時花費太多心力，如今要搬出去反而更麻煩罷了。無論是生活機能或安全警備，私人官舍的水準肯定不如司令部，那還不如繼續住在司令部，至少能搏一個好名聲。

就在克拉蒂結識新朋友的當晚，復仇之劍要塞司令部的第一會議室裡，同樣也有三名男子正在建立交情。

不，嚴格說來，試圖結交的只有一人，其他兩人則是抱持著公事公辦的態度。

「我說眞的，一講到在晚上工作，讓人提神的東西絕對有必要。我這邊有普圖島的咖啡、沙坦的菸草、伽圖那的茶葉、夏提的薄荷糖。兩位如果有需要，儘管說，不用客氣。」

巴沙笑呵呵地介紹自己為這次會議準備的小禮物，這些都是人界各地流行的嗜好品，當然，全是最高級的。

「謝謝，我不需要。」

泰爾倫斯客氣地拒絕了。坐在對面的豪閃根本懶得回答，一直低頭看著手中的文件。

雖然遭到兩人冷淡對待，但巴沙依舊笑容不改，他從自己隨身攜帶的手提袋裡拿出咖啡豆，然後走到旁邊的小桌子慢慢磨了起來。這些雜事原本都由隨從負責處理，但現在正在進行祕密會議，所以只能自己來了。

伴隨著磨豆機的嘎吱聲，咖啡豆的香氣逐漸瀰漫室內。這時豪閃也看完手中文件，他抬頭望向泰爾倫斯，沉聲說道：

「計畫沒有問題，可是出兵的只有我們？不能動員人類與矮人的軍隊嗎？」

泰爾倫斯搖了搖頭。

「不可能。我們沒有指揮權，而且那兩位本來就是反戰派。您過去提了那麼多次出兵議案，他們有贊成過嗎？就算可以用欺騙的手段動員人類軍與矮人軍，難保中途不會出現意外，我們接下來要做的事容不下意外。」

泰爾倫斯口中的那兩位，指的自然是阿提莫與波魯多。豪閃沒有贊同、也沒有否定，只低沉地「嗯」了一聲。

「我知道您想儘可能減少自軍戰損，但今天的投入在將來必能收到更大回報。等到反攻正義之怒要塞的那一天，人類軍與矮人軍勢必要爲過去的碌碌無爲付出代價。」

豪閃終於點了點頭。這時巴沙也端著咖啡回來了，他一邊品嘗杯裡傳來的高雅香氣，一邊笑著說道：

「不過還眞令人意外。我以爲精靈是很聰明的種族，沒想到星葉委員——不，應該說『前』委員，竟會如此不智。故意隱瞞魔界軍的行蹤，這種做法簡直就是背叛了整個人界。」

「星葉家一直是綏靖主義的支持者，他們對於目前的停戰狀態相當滿意，不希望重啓戰端。正因爲聖樹之心察覺了他們的企圖，才會派我接管軍隊，並帶來新的作戰

計畫。」

泰爾倫斯立刻開口辯解，將一切罪責推到星葉家頭上。一旁的豪閃低聲罵著「愚蠢的精靈」，泰爾倫斯裝作沒聽到。

三人此時所談論的，正是克莉絲蒂・星葉遭到幽禁的原因。

就在不久前，世界樹最高決策機關——聖樹之心——收到了一份密報，指控復仇之劍要塞軍事委員克莉絲蒂・星葉故意隱瞞魔界軍的行動，將人界軍暴露於巨大的軍事風險之中。

密報指出，魔界軍的偵察部隊多次潛入人界軍的防線，負責邊境巡防的精靈軍發現了此事，但身爲指揮官的克莉絲蒂卻知情不報。除此之外，密報中還指控克莉絲蒂在擔任軍事委員期間怠忽職守，毫無作爲，並且附上諸多證據。

接到密報後，聖樹之心立刻展開祕密調查，確認其中指控屬實後，便派遣泰爾倫斯前來接替克莉絲蒂的職務，順便附上一份用來殲滅魔界軍偵察部隊的作戰計畫。這份作戰計畫書上蓋有卡蘇曼與巴爾哈洛巴列哈斯軍部的印章，代表獸人與侏儒之國高層認可了這個計畫，也正因如此，豪閃與巴沙才會協助泰爾倫斯。

作戰計畫的代號名爲「懲戒」，並且將神聖黎明與火圖兩國排除在外，這個結果或許包含了複雜的談判與利益交換，但豪閃與巴沙並不關心，前者只在意能不能痛宰魔界軍，後者只考慮自己能不能升職加薪。

「話說回來，星葉前委員的妹妹似乎成功脫逃了？會不會造成什麼問題？要不要我派人幫忙捉住她？」

巴沙一臉關切地說道。他的言行看似好心，但泰爾倫斯知道對方只是想找機會賣自己人情而已。

「不必了。克拉蒂．星葉沒有調動軍隊的權力，就算逃跑也什麼都做不了，您無須在意。」

「這樣啊，如果需要幫忙，請儘管說，千萬不要跟我客氣。」

「多謝關心，但現在我們應該考慮的，還是如何讓『懲戒行動』成功。」

「我懂你的意思。不過牆角的裂痕再小，還是有導致房屋崩塌的可能。隱患應該盡早扼殺才對。」

「感謝您的建言。不過對方只是一名普通的精靈少女，用不著在她身上花費太多

心思。烈風劍聖應該也是這麼想的吧？」

因爲巴沙實在太煩人，泰爾倫斯只好把豪閃也扯進話題。果然，豪閃一臉不爽地瞪著巴沙。

「你很閒嗎？與其關注那種無聊小事，不如多看幾遍作戰計畫。」

「是的、是的。當然，我知道，那才是最重要的。」

巴沙笑著拿起作戰計畫書，如豪閃所說地認眞看了起來。見巴沙這麼聽話，泰爾倫斯反而有點佩服他了，這名侏儒臉皮的厚度確實不凡，日後肯定能有一番作爲。

就這樣，三人重新討論起懲戒行動的細項，完全將克拉蒂·星葉的事拋於腦後。

直到很久以後，他們才認識到這究竟是多麼錯誤的決定。

💀 💀 💀

聽見門外聲響，克莉絲蒂睜開了雙眼。

由於牢房始終一片漆黑，克莉絲蒂只能藉由送餐次數計算日期。如果對方沒有從中動什麼手腳，這已是她被囚禁的第三天了。

……兩個人？

雖然極其細微，但克莉絲蒂還是認出了聲響的真面目。那是腳步聲，而且對方有兩個人，根據步伐節奏，他們走得很小心，且腳步經常停頓，彷彿從未來過這裡一樣。

難道……？

如果是泰爾倫斯，不可能有此表現。克莉絲蒂心中隱隱有了猜測。

過了好一會兒，腳步聲終於來到克莉絲蒂牢房前。接下來發生的事，證明了克莉絲蒂的猜測果然沒錯。

「……姊姊？」

「克拉蒂，是妳嗎？」

「是我！姊姊！妳還好嗎？有沒有受傷？他們有沒有虐待妳？有沒有給妳飯吃？有沒有——」

「二小姐，我覺得還是先把大小姐放出來比較重要。」

「啊，也對！姊姊，妳離門遠一點，我要用魔法把門轟開。」

克莉絲蒂立刻從床上起身，站到靠門那側的牆角。過不久，門外響起一陣巨大的撞擊聲。

「嘖，眞硬！」

牢門紋絲不動，而且毫無變形。克拉蒂見狀不禁用力咂舌。

「好，那就再來一次！」

「克拉蒂，這間牢房的門和牆壁經過特殊處理，一般魔法打不破。妳沒有鑰匙嗎？」

克莉絲蒂朝門外的妹妹說道，要她別再白費力氣。

「鑰匙？我們是偷溜進來的，沒有那種東西。」

「管理室沒有鑰匙嗎？」

「沒有。我們把守衛騙出去了，鑰匙可能在他身上。好，莫拉！我們追！」

「……二小姐，這裡就交給我吧。」

莫拉嘆了一口氣，然後低聲吟唱咒文。就在法術施展完畢的下一瞬間，牢門無聲地打開了。

「開鎖術——？世上竟然真有這種魔法！」

克拉蒂沒有第一時間衝進去找克莉絲蒂，而是訝異地看著莫拉。

開鎖術是一種僅存在於幻想之中的法術。在許多爐邊故事裡，經常會出現「用法術輕鬆打開上鎖的門」這樣的場景，事實上那種法術根本不存在。

「不，只是把魔力注入鎖孔，撬開裡面的機械結構而已。您把它想成是縮小版的魔力之手就行了。這個其實不怎麼好用，稍微複雜一點的鎖就打不開了。」

莫拉語氣平淡地解釋。

這是謊言。事實上這是眞理庭園開發的獨門法術，原理也不像莫拉講得那麼簡單，但打不開複雜的鎖倒是眞的。

克莉絲蒂從牢房走出來，她深深看了莫拉一眼，表情若有所思。

她想起來了，眼前那名男子正是當初她指派給妹妹的護衛。因爲是無法獲得功勳的麻煩工作，所以才會挑選沒什麼家世背景的精靈，現在看來似乎自己中了大獎，不僅足夠忠誠，能力也強。

「姊姊，妳沒事吧？」

「沒事。現在外面情況怎麼樣了？邊走邊說。」

克莉絲蒂沒時間上演姊妹重逢的溫馨戲碼，急著詢問目前要塞局勢。三人就這樣一邊移動，一邊交換情報。值得一提的是，比起克拉蒂，莫拉知道的事明顯更多，這讓克莉絲蒂更加感嘆自己的運氣，竟然能在無意間挑中優秀的人才。

「……也就是說，泰爾倫斯．月蔓已經掌握了軍隊指揮權，不聽話的人都被他關押了？豪閃與巴沙支持他，阿提莫與波魯多一直躲在司令部裡不肯表態？」

克莉絲蒂將新入手的情報做了簡單整理，克拉蒂與莫拉點了點頭。

克莉絲蒂思索了一會兒，然後突然停下腳步。

「先別急著離開。找一下，阿提莫與波魯多可能也在這裡。」

克拉蒂訝異地發出「咦」的一聲。莫拉先是皺眉，然後露出恍然大悟的表情，並著手執行克莉絲蒂的命令。

「克拉蒂，阿提莫與波魯多怎麼可能躲在司令部不露面？姑且不論阿提莫，波魯多絕不是那種性格，更別提他還要監督要塞的建設工程，必須天天在外面跑了。」

面對一臉不解的妹妹，克莉絲蒂進一步解釋。

「我懂了！他們不是不肯露面，是沒辦法露面。他們被關起來了！」

「嗯。這座監獄是堅固程度僅次於司令部的地方，既然我被關在這裡，他們很可能也一樣。」

就這樣，克莉絲蒂等人開始尋找可能被關在此處的阿提莫與波魯多。這座地下監獄一共五層，面積雖然寬廣，但牢房並不多，而且裡面大多沒人。他們很快把所有牢房全看過一遍，然後在地下三層的相鄰牢房裡找到了阿提莫與波魯多。

阿提莫雖然臉色蒼白，但態度依舊從容。波魯多則是一離開牢房就開始咒罵豪閃等人，一副迫不及待想要衝回去用鎚子敲扁對方的樣子。

「現在不是意氣用事的時候，波魯多．火鎚。你們為什麼會被關進來？」

克莉絲蒂語氣冰冷地問道。

「哈啊？為什麼？這個問題應該是我問妳才對！這個叫泰爾倫斯．月蔓的混帳是怎麼回事？突然冒出來說自己是軍事委員，又跟豪閃那隻蠢貓勾勾搭搭的，你們世界樹是在搞什麼？阿提莫你幹嘛？不要一直拉我衣服！」

「星葉女士，不好意思，他因為太久沒有攝取酒精，所以腦袋不太清楚。接下來就由我解答吧。喂，波魯多，請安靜，這裡交給我。」

波魯多原本還沒說些什麼，但阿提莫嚴厲地瞪了他一眼，於是波魯多嘖了一聲，一臉不爽地閉上嘴巴。

阿提莫簡單敘述了會議當時的情況，克莉絲蒂聽完後閉目沉思一會兒，然後嘆了一口長氣。

「……最糟的發展。如果你們不是被關在這裡就好了。」

「什麼意思？妳希望我們被關在哪裡？糞坑還是垃圾場？」

波魯多忍不住說道。阿提莫搖了搖頭。

「吾友，不是這樣的。星葉女士的意思是，如果我們是被軟禁在自己的房間，那事情還有挽回的餘地。我們再怎麼說也是一國代表，結果卻莫名其妙地被人關進地牢，這可是非常重大的外交事件。豪閃他們既然敢這麼做，代表他們打算做出什麼恐怖的事情，這件事的影響肯定十分巨大，大到讓人類與矮人願意放棄報復。」

克莉絲蒂輕輕點頭，同時暗暗調高了對阿提莫的評價。這名人類王族自從那次綁架事件後，確實改變很多，如今已經隱約有了領袖的見識與氣度。

「恐怖的事？是什麼事？」

波魯多困惑地問道，阿提莫搖頭表示不知道，然後轉頭詢問克莉絲蒂接下來該怎麼辦。

「……先回司令部，我要確定一件事。如果我沒猜錯，不管他們想做什麼，我們都能阻止。」

克莉絲蒂立刻轉身跑向通往上層的階梯，眾人連忙跟上。

「妳發現了什麼？」

阿提莫一邊奔跑，一邊問出大家都想知道的問題。克莉絲蒂沒有隱瞞，直接說出自己的猜測。

「泰爾倫斯．月蔓的行動太急躁了。他越過許多必要程序，把自己置於本來可以完全避免的險境，這不合理。我被關在這裡的時候，一直在思考他爲何要這麼做，最有可能的情況就是——」

克莉絲蒂停頓了下，接著語氣沉重地說道：

「——他根本沒有獲得聖樹之心的授權，那份命令書是假的。」

眾人聞言全都倒吸一口氣。這個猜測太過大膽，結果也太過可怕。

「不可能吧？不是妳瘋了，就是那傢伙瘋了。」

波魯多喃喃自語，但沒有人接話，大家都在思索這個猜測的可能性。不久，阿提莫率先說道：

「……不，瘋的不是泰爾倫斯・月蔓，是在背後指使他的人。如果這個猜測是眞的，會牽扯到許多事物，那可不是一個前線指揮官能處理的事。他後面肯定有人支持，而且勢力龐大。」

「喂！你眞的相信這種瘋話？這可是連其他國家也會被捲進去的大問題哦！要是被發現，就算是大貴族也要掉腦袋！眞有人會做這種事嗎？」

「我也不想相信，但從泰爾倫斯・月蔓的所作所爲來看，他明顯想要製造出某種既定事實，而且非常急迫。」

「他就不怕被人拆穿嗎！」

「所以會拆穿他的人都被關起來了。」

波魯多「呃」了一聲，他苦思良久，仍想不出可以反駁的證據。

「……所以豪閃跟巴沙那兩個白痴，就這樣被耍了嗎？」

波魯多低聲說道，這時克莉絲蒂突然開口。

「或許他們是故意的。」

「啥？故意？故意什麼？故意被耍？」

波魯多反問，這時阿提莫彷彿解開作業難題的小孩子，大聲喊了出來。

「故意的！對！他們是故意的！巴沙可以被收買，只要有好處，他隨時可以變成瞎子跟聾子。豪閃只是看似粗魯，其實非常精明，他早就察覺事情不對勁，但對方的計畫符合他的利益，所以他也裝作被騙。若計畫失敗，他們只要把過錯全推到泰爾倫斯．月蔓頭上就可以了！」

波魯多目瞪口呆地看著阿提莫，後者激動地繼續說道：

「當然，一旦計畫失敗，他們也有責任，但應該不大。要是計畫成功，他們就會獲得豐厚的回報。這是一場賭博——不，不對，如果幕後黑手連這點也算進去了，那就不是賭博，而是天才的計畫！」

阿提莫高亢的情緒沒有傳染給眾人，大家緊皺眉頭，波魯多更是一臉牙痛的表

情，他最討厭的就是這種陰謀算計。

「無論如何，這個計畫存在天然的破綻。只要我們重獲自由，就能拆穿這場騙局。克拉蒂、莫拉，你們做得很好。」

克拉蒂一臉得意地接受了姊姊的誇獎，莫拉只是面無表情地點點頭。

談話過程中，眾人也走出了地下牢房，抵達位於地面的管理室。他們已經商量好，接下來先調動人類與矮人軍團，再去司令部拆穿泰爾倫斯。

然而——事情往往不如想像中順利。

監獄外，早已被眾多士兵重重包圍。

04. 英雄降臨

月光照耀下，士兵身上的鎧甲與武器泛著冰冷的光澤。

一眼望去，對方數量彷彿無窮無盡。視野所見之處都是全副武裝的士兵，最靠近監獄的是手持大盾的部隊，接著是長槍兵，然後是弓箭手與元素鎗手，最外側還有魔法師待命。

見到這一幕，眾人立刻退入監獄，反手關上大門。

「怎麼回事？我們被包圍了！」

「對方的反應竟然這麼快！」

「外面至少三百人、不，五百人吧？」

眾人緊張地商討對策，然而情況很不樂觀。

「外面的士兵沒有我們的人，全是精靈、獸人與侏儒。」

波魯多透過門縫觀察，向眾人說道。

外面的近戰部隊清一色是獸人，遠程部隊則是精靈與侏儒。這是基於種族特色安排的編制，雖然沒什麼亮眼之處，但勝在堅實。

「他們在等什麼？既不進攻，也沒有要求我們投降。」

克拉蒂也從門縫觀察外界，發現外面的士兵只安靜地包圍監獄。這時她才想到，對方假若真有那個意思，早在他們踏出牢房時就會動手。

「只是單純想避免傷亡吧。這裡沒有水、也沒有食物，只要困住我們，過幾天我們自然就會投降。」

克莉絲蒂立時看穿敵人的企圖，如果她是指揮官也會這麼做。

「沒錯。只有莽夫才喜歡無益的戰鬥，就這點來看，對方的指揮官很聰明。竟然能約束衝動的獸人，真不簡單。」

「現在是誇獎別人的時候嗎？對方越聰明，我們越危險。」

阿提莫一臉佩服地說道，波魯多一臉不高興地接話。阿提莫用力揉了揉臉頰，然後向克莉絲蒂問道：

「星葉女士，妳有辦法把那些精靈士兵拉到我們這邊嗎？」

「很難。既然泰爾倫斯・月蔓敢派他們過來，就代表他有信心掌握這支部隊。」

敵我數量相差太過懸殊，更糟糕的是，除了克拉蒂與莫拉，其他人身上沒有武器，他們被關進牢裡時，除了身上的衣服，其他東西全被沒收了。

即使如此，眾人依然沒有絕望。雖然人數與裝備處於絕對劣勢，但他們手中依然有牌可打。

除了波魯多，在場眾人都會魔法，克莉絲蒂更是九級魔法師（其實是十級）。外面敵人雖多，但魔法師僅佔其中一小部分，比克莉絲蒂強的魔法師更是沒有。只要謀劃得當，突圍的可能性不小。

「我會飛行術，但載重量有限，最多只能帶兩個人走。」

克莉絲蒂說道，這個好消息更令眾人多了幾分把握。

飛行術基本上屬於風系，但也有透過火系、光系或暗系元素發動的變通方法，水系與地系則完全不行。正因如此，並非所有高階法師都會飛行術。會飛行術的法師與不會飛行術的法師，兩者戰力可謂天差地遠。

「波魯多，你腿短——不是，你跑得比較慢，所以讓星葉女士帶你飛吧。」

「你在瞧不起誰啊！短距離我或許跑不過你，但長距離另當別論。你這傢伙耐力不行，還是先飛吧。」

「你們兩個都跟我一起走。克拉蒂、莫拉，你們有辦法脫身嗎？而且最好不要殺人。殺死獸人與侏儒會引發外交問題，那些精靈同胞也只是聽命行事而已。」

「沒問題！」

「……難度很高，不過我盡量。」

「好，那麼接下來聽我說明戰術。」

克莉絲蒂等人猜錯了一點。

包圍監獄的這支混合部隊並非隸屬單一指揮官。精靈、獸人與侏儒部隊有各自的指揮官，他們只是收到上面的命令一起行動而已。至於為何一直按兵不動也很單純，因為三名指揮官的意見沒有統一。

精靈指揮官希望進攻，侏儒與獸人指揮官則遲遲不肯同意。

「對方才幾個人而已！只要下令進攻，不用十分鐘就可以結束戰鬥。你們到底在怕什麼？原來獸人的勇氣到了晚上就會消失嗎？原來侏儒的元素鎗只有白天派得上用場？」

「啊啊，你說的對，對方才幾個人而已。那你為什麼不自己上？你們也有一百人，只是多花點時間而已。」

「哎呀哎呀，其實元素鎗在晚上不太好用，容易傷到自己人。畢竟我們的視力沒有精靈那麼好。」

獸人與侏儒指揮官不但沒中精靈指揮官的激將法，還反過來諷刺對方。

精靈指揮官沒有接話，只是臉色難看地瞪著不遠處的監獄。可能的話，他當然也想下令自己部隊進攻，但對方可是克莉絲蒂．星葉，貨眞價實的九級魔法師，強攻肯定死傷慘重。

這支精靈部隊並非來自復仇之劍要塞駐軍，而是泰爾倫斯．月蔓從外部帶進來的。他們僞裝成傭兵，化整爲零混入要塞，之前伏擊克莉絲蒂的部隊便是他們。

泰爾倫斯．月蔓雖然奪取了軍權，但要塞精靈駐軍的狀況仍不夠穩定，一旦發生什麼意外，這支直屬部隊就是泰爾倫斯．月蔓最後的依仗，所以必須儘可能保存實力。精靈指揮官原以爲自己可以不出力，現在看來他把事情想得太簡單了。

就在精靈指揮官思考該如何煽動獸人與侏儒指揮官時，眼前景象突然蒙上一層淡淡霧氣。

「是水霧術！發動魔法反制！小心，他們要突圍了！」

精靈指揮官立刻察覺到敵人打算幹什麼，他一邊對自己的部隊下令，一邊提醒另外兩名指揮官。然而他的警告晚了一步。

監獄大門突然打開，數道光箭從裡面疾射而出。光箭沒有擊中任何士兵，而是在半空中炸開，製造出猛烈的強光與巨響。

混合部隊陷入短暫混亂，精靈指揮官的命令沒有被立刻執行，霧氣迅速變濃，待眾人恢復冷靜，霧氣已濃厚到僅能看見眼前之人的地步。

接著，下一波攻擊到來。

不知是受到了魔法還是刀劍攻擊，總之霧中響起了慘叫與怒罵聲。混亂以驚人速度擴大，精靈不小心踢到了侏儒，緊張的侏儒舉鎗痛擊精靈的腳脛骨；侏儒不小心開鎗誤射了獸人，憤怒的獸人回頭揍了侏儒；獸人突然吼叫嚇到了精靈，精靈失手射出了弓箭。

「冷靜！冷靜！不要慌！」

「站著別動！不准擅離崗位！」

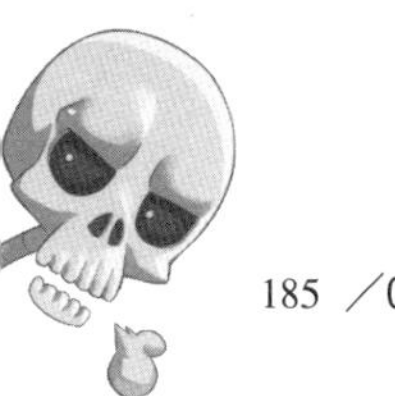

「哪個白痴在亂叫？統統閉嘴！」

三名指揮官連忙穩定部隊，等混亂好不容易平息，精靈指揮官的部下又帶來了噩耗——克莉絲蒂一行人趁機突圍成功！

「追！准許自由射擊！」

精靈指揮官咬牙下達危險的命令。自由射擊的意思是見到目標就射箭或發動遠程攻擊魔法，無須等待長官的命令，一不小心就會令目標死亡，這完全違背了泰爾倫斯·月蔓的本意，但此時也管不了這麼多了。

「抱歉，讓你看笑話了，我們這些小夥子真是……喂！集合！集合！別再鬼吼鬼叫了！」

「你先拖住目標，我們馬上就過去！」

獸人與侏儒指揮官一邊指揮部隊，一邊語帶歉意地說道。精靈指揮官輕蔑地看了他們一眼，心想獸人與侏儒部隊不過爾爾，與自家部隊比起來實在差遠了。

就在精靈指揮官帶隊追擊後，獸人與侏儒指揮官便不再喝斥部下，而是彼此看了對方一眼，同時隱密地比出一個手勢——左手的拇指、食指與小指伸直，中指與無名指彎曲。

「我們是朋友。」

用著無聲的口形，兩人如此說道。

深夜的街道上，克莉絲蒂拖著阿提莫與波魯多低空飛行，克拉蒂與莫拉緊跟其後。飛行術的速度原本可以更快，但畢竟多帶了兩個人，所以只能做到這種程度。即使如此，克拉蒂與莫拉仍是必須全速奔馳才能勉強跟上。連輕裝的兩人都這樣，更別提後方那些全副武裝的士兵了。

「就是這樣！快一點！更快！把他們統統甩掉！哈哈哈哈哈！」

眼見雙方距離越拉越遠，波魯多忍不住哈哈大笑。

「波魯多，別高興得太早，抵達軍營前，我們都不算安全。千萬不要大意。」

「放心，那些長耳崽子根本追不上——哇靠！」

波魯多突然大叫，理由是他的屁股上插了一枝箭。

原來後頭追兵發現追不上他們後，乾脆直接發動遠程攻擊。一時魔法與箭矢漫天紛飛，克莉絲蒂被迫降落在地，以免成爲活靶。

「他們眞的敢射箭？我們這裡可是還有人類王族與矮人貴族耶！」

克拉蒂一臉不可思議地說道，一旁的莫拉解答了她的疑惑。

「只要沒有當場死亡，用治癒藥水就可以救回來。只要沒死，事後他們要怎麼推卸責任都可以。」

「太卑鄙了！太陰險了！」

克拉蒂氣憤地大喊，但她的憤怒顯然於事無補。

追兵分成兩隊，一隊待在原地不斷射擊，拖住克莉絲蒂等人，另一隊則趁機繞路，堵住四周道路。沒過多久，克莉絲蒂等人再次被包圍了。

「各位，請放棄抵抗。相信你們也不想引發不必要的悲劇。」

精靈指揮官神色冰冷地勸說眾人投降。他確信自己已經獲得勝利，現在要做的，就是避免對方孤注一擲，導致己方出現無謂的傷亡。

不只精靈指揮官，就連克莉絲蒂等人也覺得事情已無轉機。

就在這時——

「即使身陷無光的黑夜，也不要放棄希望。」

天空突然響起嘹亮的聲音。

眾人紛紛抬頭，只見一道修長身影背對著月光，佇立在不遠處的屋頂上。

「月亮啊，為哭泣之人降下慈悲吧。星辰啊，為迷途之人指引道路吧。」

那是一名男子，金髮碧眼，容顏秀麗。翠綠色的襯衣與墨綠色的皮甲在月光下格外醒目，手中的大弓幾乎與成年人一樣高。

「你是誰！」

精靈指揮官大吼，金髮男子朗聲回答。

「我是正義的劍，也是弱者的盾。我是善人的救星，也是惡人的惡夢。我是——」

金髮男子高舉左臂，他的左手拇指、食指與小指伸直，中指與無名指彎曲。

下一秒，四周同時響起了好幾道聲音

「——『朋友』！」

與聲音一同出現的，還有四道身影。他們站在不同屋頂上，隱隱包圍住精靈部隊與克莉絲蒂等人。

那四道身影有男有女，根據他們身上的裝備，可以輕易判斷每個人的職業：魔法師、劍士、僧侶與吟遊詩人。

然而更重要的，是他們的裝備看起來相當華麗。雖說一把劍的鋒利與否與外表無關，但漂亮的外表在視覺上無疑更有衝擊力，很多貴族喜歡收集這類東西，因此豪華絢爛的武器往往價格極高。

擁有華麗的武器，便意味著此人擁有相當的財力，而戰士的富裕程度與實力呈正相關，這也是一種暗示自我身價的方式，因此無論是否派得上用場，一流傭兵都會隨身攜帶一、兩樣名貴武器。

「我們是要塞的正規軍，現在正在逮捕罪犯！你們想幹什麼？發動叛亂嗎？」

看見這些人的豪華裝備，精靈指揮官立刻意識到自己遇見了棘手人物。復仇之劍要塞聚集了大批雇傭兵，其中或許也有烈級（七級以上）高手，眼前這些人顯然正是那樣的強者。因此他立刻大聲強調自己的身分，想令對方知難而退。

「正規軍？那又如何？爲了幫助朋友，哪怕是叛亂之名，我也樂意揹負！」

「你——」

「多言無益！戰鬥吧，我的朋友們！」

金髮男子左手猛力一揮，打斷了精靈指揮官的話，其他四人也同時大喊：

「爲了朋友！」

金髮男子拉開弓箭，劍士與吟遊詩人則是縱身一躍，從屋頂上跳了下來。然而奇怪的是，魔法師與僧侶竟然也跳了下來。

屋頂距離地面的高度超過十公尺，但四人落地的動作卻無比輕盈，明顯身手不凡，精靈指揮官見狀卻鬆了一口氣。

眾所皆知，魔法師與吟遊詩人是施法者，他們必須與敵人保持距離才有時間吟唱咒文，如今對方竟主動跳下，擺明就是送死。

同樣的道理也適用於僧侶。僧侶的定位一向是後方支援，雖然不是沒有在前線戰鬥的僧侶，但那也要有相對應的裝備才行。眼前的白髮僧侶身上只有聖印，連匕首也沒帶，毫無威脅性可言。雖然對方帶著四種聖印這一點很奇怪，但那也改變不了什麼。

現在唯一要擔心的，只有那個金髮弓手與黑髮劍士了，精靈指揮官心想。但很快地，他發現自己錯了。

他的部下——那些全副武裝的精靈士兵們——像垃圾一般飛了出去。

彷彿被攻城鎚正面擊中，那些人每前進一步，就會有複數士兵被打飛，沒人能站在他們面前超過五秒鐘。

劍士揮舞連鞘長劍，吟遊詩人揮舞小喇叭，魔法師揮舞法杖，僧侶揮舞聖印，明明只是如此簡單的動作，卻沒有任何士兵擋得住他們。就算用劍接住了攻擊，也會連人帶劍一起被擊飛。

「……這些傢伙全都加持了巨力術嗎？」

精靈指揮官當場傻眼。

巨力術是一種能強化目標力量的法術，不過很少有魔法師學習。魔法師通常不擅武藝，就算強化自身力量也沒啥作用，但強化其他人又太浪費了，有那個時間與魔力，不如直接扔一發火球，可以打倒更多敵人。

然而眼前這一幕是怎麼回事？魔法師、吟遊詩人與僧侶統統玩起了近身戰，而且還玩得非常熟練。無論動作、步法或反應速度，完全是千錘百鍊的戰士才有的水準。

尤其那個魔法師，看起來明明只是個小女孩，揍起人來卻凶狠無比！

不是沒有精靈士兵想要使用魔法，但在這種亂戰中根本無法瞄準目標，也很難集中精神吟唱咒文。

就在精靈指揮官思考自己究竟該如何應對這種場面時，一直站在屋頂上的金髮男子終於有所動作。

金髮男子緩緩從箭袋裡抽出一枝箭矢，然後將箭矢搭上弓身。那張大弓一看就知道不是凡品，恐怕只有獸人才拉得動，但金髮男子卻輕鬆拉開了

精靈指揮官其實一直有在注意金髮男子的動靜，畢竟其他人都跳下來了，只有他一個人站在屋頂上曬月光，怎麼想都有問題。現在看金髮男子的箭矢瞄準自己，精靈指揮官心想果然來了！

「這一箭，爲了朋友！」

金髮男子大喊，同時放開弓弦。

精靈指揮官縱身一躍，接著轉頭看向先前所站位置，原以爲那裡會插著一枝箭，但什麼也沒有。正當他心生疑惑之際，不遠處一名精靈士兵突然倒下，他的背上插著金髮男子射出的箭。

精靈指揮官驚訝地看向屋頂上的金髮男子，後者先是沉默了一會兒，然後自信滿滿地說道：

「……呼，我剛才可沒說要射你，不過這一箭就不一樣了。」

金髮男子再次搭弓拉箭，並且大喊：

「這一箭，爲了正義！」

精靈指揮官連忙跳開，箭矢依然沒有射中他先前所站位置，站在另一方向的精靈士兵大腿中箭。

「這一箭，爲了勝利！」

精靈指揮官就地翻滾，下一秒，另一方向的精靈士兵腹部中箭。

「這一箭，爲了愛與和平！」

「這一箭，爲了永不屈服的勇氣！」

「這一箭，爲了什麼都無所謂了啦——！」

金髮男子不斷射箭，精靈指揮官也不斷閃避。雖然那些箭矢總是射到別人，令精靈指揮官一度懷疑對方其實箭法奇爛，但由於每一箭都會有人倒下，要說是運氣也太誇張了，所以他不敢賭。

等精靈指揮官察覺時，他的手下已經一個也不剩。

「什麼……！」

精靈指揮官一臉驚愕地看著四周，所有士兵統統倒地，而他自己則被劍士、吟遊詩人、魔法師與僧侶圍住。

「……原來如此，你的目的是破壞指揮系統。一旦我倒下，指揮權會自動轉移給下一級，只要製造出我還站著，卻沒空下達指令的情況，部隊就會一直保持混亂，方便你們分頭擊破。」

精靈指揮官咬牙低喊。金髮男子沉默了一會兒，然後露出爽朗的笑容，點了點頭。

「……沒錯，正是如此。一切都在我的算計之中。」

「你們到底是誰？」

劍士舉起連鞘長劍，從背後狠狠敲了一下精靈指揮官的腦袋。等精靈指揮官倒地，他才用平淡的語氣說道：

「我們是朋友。」

自從自稱朋友的神祕隊伍現身後，克莉絲蒂等人就只能站在一旁，呆愣地看著對方以所向披靡的氣勢掃蕩精靈部隊。

「朋友……眞的有……」

克拉蒂喃喃說道，克莉絲蒂敏銳地捕捉到妹妹的低語。

「克拉蒂，妳認識他們嗎？他們是什麼人？」

「那、那個……我只知道他們是朋友。」

「嗯，所以他們是什麼人？」

「朋友。」

「對，我知道他們是朋友，所以他們是誰？」

「就說是朋友了嘛。」

「我知道他們是妳的朋友，可是更具體的東西呢？他們的名字？他們是哪裡人？他們做什麼工作？」

「我不知道！」

「連名字都不知道，算什麼朋友？」

「因爲他們就是朋友啊！」

看著氣急敗壞的克拉蒂，克莉絲蒂內心不禁一沉。連名字都不知道，就把對方稱爲朋友，這已經不是一句天眞爛漫可以帶過的大事了。自己的妹妹竟然這麼傻，是自己指導的方式不對？果然還是應該一直把她帶在身邊，給予嚴格的教育才對嗎？

不對！克拉蒂不可能笨到這種地步。她是不想讓我知道這些人的來歷。爲什麼？爲什麼要隱瞞？難道這些人裡有她喜歡的人？

就在克莉絲蒂胡思亂想之際，莫拉開口了。

「……大小姐，我想妳應該是誤會了。這群人的稱號，就是『朋友』。」

「啥？朋友？」

「怎麼會有隊伍取這種名字？」

波魯多與阿提莫大爲訝異，對方的品味未免太過奇特了。

「不過，這些人眞的很強……不對，是太強了。」

看著這支神祕隊伍輕而易舉擊垮自己的同胞，克莉絲蒂忍不住發出嘆息。

「輝金……不，是烈銅級嗎？他們全是人類吧？阿提莫，你聽說過他們嗎？」

「不，完全沒印象。這麼強悍的人類隊伍進入要塞，我一定會收到消息。除非他們是在我被關起來時抵達的。」

雖然復仇之劍要塞歡迎所有人界雇傭兵，但有本事的高手其實不多。眞正的強者不論在哪裡都會受到禮遇，幾乎所有烈級傭兵依舊待在大後方。

自從第二次兩界大戰爆發後，各國紛紛將精銳士兵抽調至前線，維持地方治安的兵力也跟著大幅短缺，對高階傭兵的需求更是高漲。復仇之劍要塞在報酬方面根本無法吸引高階傭兵，他們唯一能使用的手段就是高舉大義旗幟，號召傭兵們主動加入這場「光榮的、崇高的、守護世界的偉大戰爭」。

只是能成爲高階傭兵的人也不是笨蛋，他們有的是辦法打聽到人界軍的種種內幕，人界五大國都不肯拿出眞本事了，自己急著去前線流血幹嘛？

如今的復仇之劍要塞完全沒有烈級傭兵，就連輝級也很少，絕大部分是閃級。

「有這麼湊巧的事嗎……克拉蒂，妳是怎麼認識他們的？」

明明只是一個很簡單的問題，但克拉蒂聽了之後臉孔突然失去血色，身體不斷顫抖，一旁的莫拉也出現類似反應，看起來彷彿觸碰到某種心理創傷。克莉絲蒂見狀連忙抱住克拉蒂，柔聲安撫。過了好一會兒，克拉蒂與莫拉才恢復正常。

「我、我不認識他們……他們是……朋友的朋友……就是朋友……因為是朋友……大家都是朋友……」

克拉蒂顫聲說道，莫拉則是在旁邊一直反覆喊著「朋友、朋友、朋友」，令人感到毛骨悚然。

這時，另一邊的戰鬥也正式畫下句號。那群自稱朋友的神祕人打倒了精靈部隊。包括指揮官在內，所有精靈全都只是重傷昏迷，沒出現任何死者，可見這群人手下留情了。

手持大弓的金髮男子從屋頂上跳了下來，其他四人則是走到他身後，顯然金髮男子是這群人的首領。

「各位朋友，你們沒事吧？剛才可真危險，幸好我們及時趕到。」

金髮男子露出爽朗的笑容說道，身後四人也同樣面帶微笑。

雖然他們表現得相當和善，但因為克拉蒂與莫拉先前流露的詭異反應，克莉絲蒂

等人只覺對方的笑容有如黑暗的漩渦，恐怖、混濁、深不見底。

「感謝各位的幫助。我是克莉絲蒂・星葉，在乾旱時節落下的雨水，將於未來結成閃耀的果實。今日的恩情，他日必將報答。」

雖然心懷疑懼，但克莉絲蒂表情依舊平靜，並以無可挑剔的優雅儀態向對方道謝。

「啊，不用客氣。朋友有難，伸手幫忙是理所當然的事。你們接下來要去哪？我們護送你們過去。」

「呃，那個，不用——不，不對，那就多謝了。」

克莉絲蒂本想拒絕，但或許是想到了什麼，於是連忙改口。

「不用謝，因爲我們是朋友！」

金髮男子笑容燦爛有如陽光，潔白的牙齒在月亮下閃閃發亮。

💀💀💀

這群開口閉口都是朋友的神祕隊伍，正是智骨一行人。

就在昨天，他們收到了消息，被他們當作攻略目標卻神祕失蹤的克莉絲蒂，原來被囚禁了，而她的妹妹爲了救她，跑來請求「朋友」的幫忙。

過程雖然曲折，但對智骨等人而言，這無疑是件好事。

英雄救美的作戰計畫無須改變，甚至場景還將變得更加盛大。當然，克莉絲蒂的處境越是艱困，能賣給她的恩情也越重。一旦操作得宜，這份感激將會化爲愛情的沃土，培育出美麗的戀愛之花。

這樣的好機會竟然平空掉下，就算說是魔神保佑也不爲過，於是智骨等人決定全體出動，並且制定了完美無缺——至少他們認爲如此——的行動計畫。

那位金髮弓手自然就是金風，由於他交涉能力最強，搏得目標好感的機率最高，所以讓他裝作這支隊伍的領導者，進一步提高印象分數。

計畫進行得非常順利。

今晚的獸人與侏儒指揮官都是心友會的成員，雖然他們不敢公然反抗上級的命令，但倒是可以在工作時稍微偷懶。這麼一來，他們只須對付落單的精靈部隊就行，有黑穹在場，就算精靈部隊人數再多一倍也不成問題。

想必克莉絲蒂已經折服於他們的英姿，對他們之中的某人心動了吧？否則也不會選擇與他們一起行動。

「話說回來，你們覺得目標看上了誰？我總覺得她的眼神有點奇怪，好像刻意在閃躲我們。」

黑穹低聲詢問眾人。此時他們走在隊伍最後方，用的也是魔界語，不怕對方聽到。

「我想她應該是在害羞。」智骨說道。

「這是好事。代表對方很純情，戀愛經驗不足。」克勞德說道。

「純情嗎？我能理解啡。看到漂亮的母夢魘，我也不敢正視對方啡。」菲利說道。

「這不能怪她，我剛才的表演太過完美，連我自己都對自己的演技感到恐懼了。」金風說道。

「……真的是這樣嗎？其他人好像也不敢看我們耶。」

黑穹問道，於是四名副官一臉篤定地點頭。

「這代表我們的英勇撼動了他們所有人的心。」智骨說道。

「對強者的敬畏，是沒有性別、年齡與種族之分的。」克勞德說道

「正是如此啡。就像大人您一樣，不論走到哪裡，大家都會主動移開目光啡。」菲利說道

「沒錯，這是一種尊敬的表現。還請您敞開心胸，大方地接受這些弱者謙卑的舉動吧。」金風說道。

黑穹聽了心想有理，於是不再深究。

階級社會勞動者的壞習慣之一，就是面對上司時通常報喜不報憂，就算是壞事也會想辦法將其解釋成好事。如果那位上司有一旦激動就會不小心幹掉下屬的怪癖時，這種「一切都沒問題」的傾向會變得更加嚴重。

正當智骨等人在隊伍後方竊竊私語時，克莉絲蒂等人也在隊伍前方做一樣的事。

「他們在講什麼？是哪裡的方言嗎？」克莉絲蒂說道。

「不知道，那種語言我沒聽過……不對，好像有點印象，但忘記在哪裡聽到的了。」克拉蒂說道。

「他們或許來自列島或破碎大陸，那裡有上百個國家，當地語言也有好幾十種。」莫拉說道。

精靈聽力非常優秀，在這麼近的距離下，就算智骨他們刻意壓低聲音，克莉絲蒂等人仍能聽到。當然，智骨一行人中的菲利也能做到，但他此時正忙著奉承上司，沒空偷聽別人交談。

「雖然這麼說有點恩將仇報，但我覺得那些傢伙很可疑。」波魯多說道。

「不用你說，大家都知道他們很可疑。正常的僧侶哪會用聖印打人？可現在不得不利用他們。先忍耐一下，到軍營就不用怕了。」阿提莫說道。

是的，克莉絲蒂之所以答應讓智骨等人同行，單純是因爲看上了他們的戰力。

雖然擊敗了精靈部隊，但獸人與侏儒部隊不知什麼時候會追上來。克莉絲蒂已經計畫好了，追兵一來就趁亂扔下這些人，讓他們雙方去互鬥。

然而不知爲何，直到他們抵達軍營、調動了人類軍與矮人軍，那些追兵都沒有出現。克莉絲蒂對此深感困惑，最後只能假定對方是認爲已經攔阻不了他們，所以直接放棄了。

就這樣，在軍隊的保護下，眾人直奔司令部。

眾多腳步聲響徹深夜的要塞街道上空，如此巨大的動靜足以驚醒任何人，但無人從屋裡探出頭來，人們甚至不敢從窗戶向外窺視，哪怕是一向以膽量著稱的傭兵們也是如此。

所有人都知道——今晚將有大事發生。

克莉絲蒂等人聲勢浩大地來到了司令部，他們原以爲對方會集結重兵嚴陣以待，沒想到司令部外空無一人，就連理應在大門站哨的士兵也不見了。

「怎麼回事？他們又在玩什麼把戲？」

波魯多轉頭詢問友人，阿提莫思考了半晌，然後看向克莉絲蒂。

「妳覺得呢？我不認爲是陷阱，事到如今，再耍小手段也沒有意義，除非他們眞的瘋了，想跟我們打一場。」

「如果眞打起來，他們事後絕對會被追究責任，哪怕是豪閃也一樣。卡蘇曼不是只有他一個劍聖。」

克莉絲蒂同意阿提莫的判斷。

就在這時，司令部大門突然緩緩打開。在數千人的注視下，一道矮小身影從門裡走了出來。

「哎呀哎呀，外面可真熱鬧。究竟發生了什麼事，讓各位不惜違反宵禁也要跑來這裡？」

此人正是巴沙。他像是剛睡醒般揉著眼睛，訝異地看著門外的軍隊。下一瞬間，巴沙腳尖前方插了一根箭矢，他立刻驚恐地倒退數步。

「我沒心情聽你胡扯，叫豪閃・烈風跟泰爾倫斯・月蔓出來，或是接我一箭。」

射箭者正是克莉絲蒂，她一邊搭起第二枝箭，一邊高聲說道。

「等、等等！有話好說！我——」

巴沙的話還沒說完，克莉絲蒂射出的箭矢便擦過他的腦袋，劃傷了臉頰。

「住手！不要再射了！他們不在這裡！他們出去了！」

巴沙立刻舉手投降，並且大聲喊道。

「出去了？去哪裡？」

「最前線！他們去殺魔界軍了！」

巴沙的回答令眾人臉色大變。

就在克莉絲蒂等人率領軍隊包圍司令部時，豪閃與泰爾倫斯正帶著部下埋伏於前線的某座山丘。

他們此行只帶了三百士兵，但全是真正的精銳。這些士兵正就地休息，安靜地等待命令，期間沒人發出一點聲音，每個表情有如石像般冰冷。只有身經百戰的部隊，才有如此紀律。

豪閃與泰爾倫斯站在部隊最前方，兩人沒有說話，只低頭看著下方樹林。同樣的動作，他們已經維持將近一小時。

「……來了。」

泰爾倫斯輕聲說道，一旁的豪閃微微點頭。

在兩人注視下，許多黑影從樹林裡走了出來，乍看像是尋常野獸，但豪閃與泰爾倫斯很清楚，那些黑影絕對沒有野獸那麼可愛，他們是魔界軍的偵察部隊，人界的大敵。

「情報無誤。克莉絲蒂・星葉實在該死。」

豪閃冷聲說道，他的眼中閃耀著殺意之光。

「請冷靜。克莉絲蒂・星葉不能死，她必須活著回去接受審判。閣下的怒火，就用下面那些魔族的血澆熄吧。」

泰爾倫斯說完舉起了右手，身後的精靈部隊無聲站了起來。

「這些太少，不夠。」

豪閃也舉起右手，獸人部隊立刻起身。

夜風吹過山丘，冰冷的殺氣渲染了空氣，四周氛圍瞬間變得肅殺。豪閃與泰爾倫斯同時將手往下一揮，精靈部隊開始吟唱咒文，獸人部隊開始往山丘下衝鋒。

魔界軍察覺遭到埋伏，立刻結陣迎擊，他們的動作雖然有些慌亂，但依舊迅速。就在魔界軍與獸人部隊即將正面衝突之際，精靈部隊搶先一步完成了施法，光箭有如豪雨般落下，成功打亂魔界軍的陣形，獸人部隊趁機突入，有如尖錐般貫穿了對方的陣勢。精靈部隊則是在施完魔法後，立刻從兩側進行包夾。

一般的戰鬥到了這裡，勝負通常已無懸念，然而魔界軍憑藉過人的悍勇，硬是將戰局扳成了平手。

「用個體力量彌補戰術的劣勢嗎？不愧是魔族。」

眼前情況令泰爾倫斯不禁發出感嘆，他雖然也有軍事經驗，但帶兵對付魔界軍還是第一次。魔族的戰鬥力果然如傳聞中一樣誇張，哪怕已中伏，且身處不利防守的地形，卻還是沒有敗北的跡象。

「不過也到此爲止了。」

豪閃冷聲說道，然後手持長劍衝向戰場。

劍聖的介入，令勝利的天平迅速倒向人界軍。他的大劍閃耀著金色光輝，每揮舞一次，就有一名魔族倒下。

豪閃的大劍並非魔法武器，劍上的光輝乃是他自身力量的具體顯現。

事實上，魔法師與戰士都是元素的使役者，差別在於前者讓元素在外界發生變化，後者讓元素在體內產生作用。

將元素引入身體，暫時強化自身的肌肉、內臟、骨骼，甚至是神經，令力量、速度與反應獲得爆發性增長，這就是戰士用來縱橫戰場的祕訣。一流的戰士甚至能讓元素之力凝結於皮膚表面，直接抵擋物理與魔法攻擊。

至於劍聖這個頭銜，代表的不是一流，而是超一流的戰士。

豪閃的勇猛大幅提振獸人部隊的士氣，士兵們發出激昂的戰吼，跟著值得尊敬的指揮官一同奮戰。

這支魔界軍部隊人數本就不多，每打倒一名魔族，就等於解放更多人手對付剩下的魔族。優勢如滾雪球般不斷累積，到了最後，僅剩四名魔族仍在負隅頑抗。

「活捉他們！」

豪閃放下染滿鮮血的大劍，對部下喊道。

如果豪閃親自動手，不到一分鐘就能搞定，但他還是命令部下去做這件事。豪閃的榮譽已經夠多了，他必須給部下爭取功勳的機會，順便讓他們建立自信。

眾所皆知，活捉比殺死更加困難，但憑藉著懸殊的人數優勢，人界軍最後還是成功捉住了兩名魔族。

當那兩名魔族被制伏，戰場先是變得異常安靜，下一瞬爆出巨大的歡呼聲。

他們激動是有理由的，自從第二次兩界大戰爆發以來，這還是人界軍第一次成功捕獲魔族。這場戰鬥的規模雖小，意義卻極爲重大！

每個人都興奮不已，甚至有人流下眼淚，在這些士兵們的心中，這場勝仗代表著人界軍即將吹響反攻的號角，並且必將贏得最後的勝利。

當豪閃與泰爾倫斯率軍回到復仇之劍要塞時，迎接他們的不是英雄式的歡呼，而是緊閉的大門與戒備的目光。

「……巴沙那傢伙搞砸了嗎？」

與粗豪的外表不同，豪閃的心思其實非常敏銳，沒有腦子的莽夫是不可能當上劍聖的，他只看了一眼，就猜到要塞出了什麼事。

「恐怕那兩位閣下被部下救出來了吧，想必星葉家的那一位也脫困了。巴沙一人肯定壓制不住他們。」

泰爾倫斯嘆了一口氣。沒想到他們才離開一晚，要塞內的情勢就整個逆轉了，究竟是巴沙太過無能，還是對方的行事手腕太好了呢？

「叩門吧，我就不信他們敢對我們做什麼。」

豪閃一臉自信地說道，泰爾倫斯點了點頭。

「是的。最關鍵的鑰匙已經掌握在我們手中，就算出了點意外也無妨。」

就在兩人交談之際，厚重的要塞大門緩緩打開了。在軍隊的簇擁下，克莉絲蒂、阿提莫與波魯多從門內走出，至於巴沙則理所當然地不在場。

「你們這些叛徒想做什麼？」

豪閃突然大吼，他的聲音極爲響亮，就連城牆上的士兵都聽得到。

「叛徒？你是在說你自己吧，豪閃．烈風！擅自囚禁三名軍事委員，你是想搶奪要塞，自立爲王嗎？」

波魯多立刻不甘示弱地反吼回去，嗓門之大，絲毫不遜於獸人劍聖。

「笑話！正因爲你們有勾結魔界軍、背叛人界的嫌疑，所以才會把你們關起來。」

「哈哈哈哈哈！一點都不好笑，你這白痴！勾結魔界軍？你說誰勾結誰就眞的勾結了？說謊之前，記得稍微用一下大腦！你脖子以上的東西是裝飾嗎？專門用來掛帽子？」

「我當然有證據！帶上來！」

豪閃右手一揮，身後的部隊立刻向兩側排開，讓出了一條路。兩名魔族俘虜被數名獸人扛著，帶到了眾人面前，他們的手腳都被捆綁在鐵棍上，嘴巴也被封住。這一幕令波魯多一方的士兵出現了些微騷動。

「看好了！他們是魔族！我們之前收到消息，魔界軍的偵察部隊滲透邊境，克莉絲蒂．星葉明知此事卻故意隱瞞，把我軍情報拱手送給對方，這種行爲跟背叛人界沒兩樣！」

波魯多瞪大眼睛，然後轉頭看向身旁的克莉絲蒂。克莉絲蒂先是皺眉思考了一會兒，然後低聲跟波魯多說了什麼。波魯多點點頭，迅速收斂了驚訝的神情。

「你唬誰啊！少把別人當白痴！明明就是你自己隱瞞了魔界軍的消息，想要獨吞功勞，所以才把我們關起來！你才是眞正的叛徒！」

豪閃瞪大雙眼，他沒想到對方竟敢顚倒黑白，反過來指責他。

「你瞎了嗎？誰說我想獨吞功勞？我身後的精靈部隊難道是假的嗎？」

「精靈部隊當然不是假的，但出擊命令是假的！他們沒有指揮官的命令就擅自行動，功勞不會被承認，最後還是你獨吞了所有的好處！」

「胡說八道！」

豪閃憤怒地大吼，因爲太過激動，他的鬃毛甚至倒豎起來。

「克莉絲蒂・星葉已經不是指揮官了！現在精靈部隊的指揮官是他！泰爾倫斯・月蔓！」

「開什麼玩笑！誰說他是指揮官？你嗎？」

「他有聖樹之心的任命書！」

「在哪裡？肯定是假的！叫他拿出來看看！」

「那種東西怎麼可能帶在身上，當然是放在司令部的保險箱！有種你讓我們進去，我們在大家面前公布給你看！」

「好啊！我等著看你的笑話！」

波魯多說完，他身後的士兵竟然真的讓開了道路。豪閃轉頭看向泰爾倫斯，怒氣沖沖地說道：

「我們走吧，揭穿這些傢伙的謊言。」

然而泰爾倫斯沒有行動，只是閉上雙眼，狀似佩服地嘆了口氣。

「……太漂亮了，不愧是克莉絲蒂・星葉。」

泰爾倫斯喃喃說道。

正如波魯多所言，那份任命書是假的。

如果泰爾倫斯眞的獲得聖樹之心的任命，又何必囚禁克莉絲蒂？說穿了，他只是想要掌握復仇之劍要塞的精靈部隊指揮權而已。

不久前，世界樹的主戰派收到了一份密報。那份情報聲稱魔界軍的偵察部隊已經滲透邊境，並且詳細列出這支偵察部隊的行動路線。主戰派暗中派人調查，發現內容竟然是眞的！

這份密報的存在，讓主戰派看到了打擊主和派的機會。

如果公開此事，復仇之劍要塞軍事委員會必然受到責難，克莉絲蒂的名聲受損，主和派的面子也會掃地。

但主戰派對那樣的結果並不滿足，他們想要更多。

於是，主戰派想出了一個計策。

首先僞造任命書，然後想辦法囚禁克莉絲蒂，搶奪復仇之劍要塞精靈部隊的指揮權。再以「事情爆開了大家都有麻煩，不如一起獲得功勳」爲條件，說服其他軍事委員加入他們。

至於軟禁阿提莫與波魯多，是爲了分化人類、矮人與獸人，令三國間出現嫌隙。不論是誰，只要三國中有一方願意倒向精靈，凡爾赫沙協約的威脅性就會減半。

既打擊了主和派，又可以破壞三國的互信關係，這個計畫稱得上是一石二鳥。如果成功了，主戰派很可能趁勢掌握精靈之國的話語權。

……是的，如果能成功的話。

克莉絲蒂竟然在最後關頭脫困，並且在豪閃推出魔族俘虜時，看穿主戰派的計謀，並立刻想出反制之法，當眾質疑泰爾倫斯等人的行動是爲了爭功，這等同於在暗示自己也知道魔界軍的事情。如此一來，豪閃自然會懷疑泰爾倫斯先前用來說服他的說詞。

如果克莉絲蒂與泰爾倫斯的立足點相同，那麼擁有正式指揮權的一方自然佔據了大義名分。

於是豪閃破壞了協議，故意裝出一副完全不知內情的嘴臉，要大家去司令部對質。一旦克莉絲蒂指出任命書的破綻，他肯定會當場拿下泰爾倫斯。反正他已經拿到實質的好處，捉到魔族俘虜的功勞誰也搶不走。

要是就這樣跟著他們一起回去，泰爾倫斯必定會變成階下囚，克莉絲蒂會搶走殲滅並活捉魔界軍的功勞，主戰派的計畫將徹底失敗。

可惜啊……如果克莉絲蒂・星葉沒有被放出來……或是她的反應再慢一點，一切都會圓滿落幕了。

泰爾倫斯一邊感嘆，一邊悄悄從口袋裡拿出一枚拇指大小的水晶球。

——但是，我也不是全無準備。

泰爾倫斯捏碎了水晶球。

💀💀💀

在人界，凡是具備一定規模的軍事基地，都會設置魔導武器。

所謂魔導武器，乃是一種將魔法技術與物理機關予以結合，以實現大規模殺傷或防禦的特殊系統。其中，魔力牆與魔導砲陣最為人所知，前者負責防禦，後者負責攻擊，這兩種魔導武器也被稱爲基本武器。

在那之後，便是飛空艇、廣域偵察、魔力之音、追蹤彈、火花盾、元素之手等高級系統。這些魔導武器雖然強大，但在性價比方面遠不如基本武器，因此並不常見。

復仇之劍要塞身爲兩界大戰的前線基地，理應擁有最齊全、最新銳的魔導武器才對，然而直到今天，這座要塞卻連魔力牆都沒有。並非因爲刻意拖延或貪污公款，純粹是建設工期太短之故。

魔導武器是非常精密的大型設施，就算是基本武器，也要花費半年以上的時間才能完成。復仇之劍要塞當初被視爲用來幫大後方拖延時間的棄子，自然不會把魔導武器這種極爲耗費時間與金錢的東西納入考量，直到不久前，人界軍高層眼看要塞即將完成，才連忙撥下魔導武器的相關預算。據說接到建設追加指示的波魯多，氣得當晚喝了個酩酊大醉。

爲了便於迎擊，魔導砲陣往往會是軍事基地中最高的建築物。此時智骨等人正站在其中一座砲塔的最頂端，瞭望要塞之外的景色。

更正確地說，他們是在觀察克莉絲蒂與豪閃的對峙。

巴沙無條件投降後，克莉絲蒂等人重新控制了復仇之劍要塞，智骨等人自然也就失去作用。克莉絲蒂暫時沒空理會他們，給了他們一筆豐厚的獎賞後，便跑去處理其他事務了。

智骨等人回到旅館，接著收到克莉絲蒂率軍出城的情報，於是爬上砲塔觀察情況，尋找英雄救美的時機。

「……總覺得，事情的發展好像跟想像的不太一樣。」

黑穹站在砲塔最高處，她右手扠腰，左手壓著頭上的尖帽子以免被風吹走。身後的四名副官立刻交換眼神，用目光商量要讓誰接話。這是一項危險性極高的工作，此時的黑穹明顯心情不怎麼好，要是說錯話，很可能會挨上一拳。

經過大約兩秒的眼神交流，智骨被迫挺身而出，誰教他資歷最淺，而且又是不死生物呢？

「請問是哪裡不一樣呢？」

「之前回去的時候，爲了搞懂黑殼蟲的計畫，我順便去圖書館看了一點資料。」

黑穹爲了申請魔界治癒藥水的補給，曾回正義之怒要塞一趟。至於她口中的資料，就是魔道軍團長桑迪爲了這次的作戰計畫，所參考的各種言情小說。

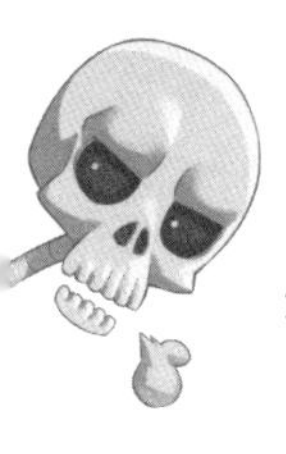

「眞不愧是黑穹大人，這份好學不倦、隨時不忘精進自我的態度，堪稱我軍典範！」

智骨立刻奉上讚美之語，其他三人也跟著誇獎上司的認眞勤勉。黑穹擺了擺手，示意他們安靜，於是四人立刻化身爲沉默的石像。

「根據那些資料，戀愛中的人類應該會想把看上的對象留在身邊，爲此不惜動用權勢、金錢與計謀。可是我們的任務目標沒有這麼做。我在想是不是我們哪裡弄錯了？還是說，作戰其實已經失敗？」

雖然沒有肺，但智骨還是忍不住倒吸一口冷氣，他慌張地轉頭求援，卻發現同僚們表現得比他還要驚恐。只見克勞德等人的臉孔完全失去血色，眼神沒有焦距，身體不斷搖晃，彷彿下一秒就會失足從砲塔掉下去。

「這……這個嘛……」

眼見同僚完全無法依靠，智骨只好一邊向魔神祈禱，一邊拚命攪動不存在的腦汁，以期擺脫眼前困境。

《我的青梅竹馬只想躺平》、《狂氣美少女盯上我》、《今天也要當公主》、

《人妻誘惑日記》、《反派千金大逆襲》、《美男子不想談戀愛》、《百合的禮讚》、《我的神槍爲了貫穿菊花而存在》……智骨心中瞬間閃過無數言情小說的書名，想從中找出足以說服上司的案例。

或許是魔神聽見了智骨的祈求，他那空空如也的頭蓋骨內突然閃過一道靈光。

「黑穹大人，這是因爲——任務目標具備特殊的角色屬性。」

「角色屬性？」

「是的，角色屬性！」

智骨信心滿滿地說道。

「就像魔法與元素一樣，不同的元素屬性擁有不同的力量。根據屬下的觀察，戀愛中的人類也是如此，他們會因爲自身屬性不同，而有不一樣的表現。您看過的那些言情小說，可能恰巧沒有提到我們的任務目標所具備的角色屬性，所以您才會感到困惑。」

接著智骨簡單舉了幾個角色屬性與具體表現的例子，像是溫柔、冒失、天然呆、腹黑等等，聽得黑穹連連點頭。

「原來如此，看來是我查的資料不夠多……那你覺得任務目標的角色屬性是什麼？」

「毫無疑問，絕對是傲嬌！」

「那是什麼？」

「雖然喜歡對方，卻故意表現得滿不在乎。平時表現得很冷淡，但會在不經意間做出對對方充滿好感的言行舉止，一旦被人指出，便會大聲否定，這就是傲嬌。」

「嗯……聽起來的確有點像。」

見黑穹似乎有被說服的跡象，克勞德等人連忙從旁支援，總算讓黑穹相信一切仍在他們的掌握之中。

謝啦，智骨。

幹得好啊，不愧是天才！

以為說謝謝就夠了嗎？你們欠我一次。

沒問題啡，回去我請你吃高級鈣片啡。

總算逃過一劫的四名副官繼續用眼神交流，就在這時，黑穹突然喊了菲利的名字。

「菲利，你聽一下他們在說什麼？」

此時的波魯多與豪閃開始在要塞外對罵，儘管兩人嗓門很大，但砲塔與對方距離太遠，聽得不是很清楚。菲利連忙走到黑穹後方，一邊側耳聆聽，一邊大聲轉述來自遠方的對話。

眾人一開始還只是抱著看好戲的心態，但在聽到豪閃竟捉到魔族俘虜時，全都大吃一驚。

「眞的假的？自從開戰以來，這是第一個被俘虜的我軍士兵吧？」

「肯定是魔道軍團，那些傢伙的魔力一用光，就跟廢物沒兩樣。」

「或許是不死軍團，他們因爲沒有腦子，很容易中計。」

「應該不是狂偶軍團，它們每一具士兵都會自爆。」

眾人開始討論究竟哪個軍團的成員這麼倒楣，竟然成爲人界軍的首位戰俘。這時，黑穹用低沉的聲音說道：

「……好像是我們的人哦。」

四周頓時一靜，智骨等人驚恐地看著要塞外面，但距離太遠看不清楚。

黑穹在黑龍形態時，可以從一萬公尺的高空分辨地面的落葉紋路，雖然化爲人形後視力有所衰減，但依然可以輕易看見十公里外的事物。

「那裡圍了太多人，所以看不太清楚，可是從外形輪廓判斷，應該是獸形魔族沒錯。」

若是其他軍團還可以當作笑話的題材，但要是換成超獸軍團的人被俘虜，那就沒辦法當作沒看見了。

「沒辦法，只能出手了。」

「先打聽他們會被關在哪裡，然後趁晚上救走吧。」

「眞會給人添麻煩，回去之後得好好操練一番才行。」

正當眾人制定救援計畫時，天空突然暗了下來。

原本晴朗的天空充滿鉛灰色的烏雲，烏雲彷彿被一隻看不見的大手擾動，在空中化爲漩渦。

「是魔法！威力很強！」

感受到大氣中充斥的元素波動，智骨連忙大聲喊道。

就在這時，雲渦中心突然降下一道巨大的龍捲風。這道龍捲風連接天地，不僅吹飛四周士兵，還同時將泰爾倫斯與兩名魔族俘虜吸上天空！

「是、是誰？這麼強力的魔法，難道是桑迪大人？」

智骨驚訝問道，黑穹聞言露出冷笑。

「別傻了，黑殼蟲才不會那麼好心。不管是誰，想當著我的面帶走超獸軍團的人？作夢！」

黑穹話一說完，突然反手揪住智骨的衣領。

「準備好，要飛了！」

「欸？」

「去吧！」

只見黑穹往前跨步，纖腰一轉，雙臂猛甩，將智骨用力扔了出去。伴隨著淒厲的慘叫聲，天才不死生物筆直飛向天空。

💀💀💀

風暴咆哮。

鉛灰色的龍捲風一開始直徑僅有數公尺，隨著周遭元素的捲入與共鳴，大小竟在短短幾秒內暴增數十倍。

在場絕大部分人都被暴風吹飛，僅有少數人能夠勉強站立，其中又只有兩人能應對這場突如其來的變故。

豪閃・烈風。

克莉絲蒂・星葉。

當龍捲風吸走泰爾倫斯與魔族俘虜時，正是這兩人立刻有了動作。

「混帳——！」

豪閃一聲怒喝，同時拔出了背上的大劍。劍刃纏繞金焰，即使風沙掩天，也遮蓋不住燦爛的光芒。

「懦弱鼠輩！把人放下！」

豪閃衝向龍捲風，接著一劍斬下。劍刃與風壁撞擊的瞬間，兩股不同的元素之力互相衝突，激發出黑金交雜的炫目火花。泰爾倫斯與魔族俘虜被吸上天空的速度頓時減半。

豪閃雙眼滿是血絲，手臂因極度用力浮現大量血管。他一邊對抗龍捲風，一邊驚訝出手之人的強大。自己不僅無法斬開風壁，甚至還隱隱有被壓過的跡象，對方究竟是誰？

就在豪閃竭力對抗龍捲風時，克莉絲蒂也趁機唱完了咒文。

克莉絲蒂面前展開了魔法陣，銀白色的光柱從中疾射而出，筆直轟向龍捲風。這一擊依然沒有成功貫穿風壁，但也讓泰爾倫斯與魔族俘虜的上升速度變得更慢。

能夠同時對抗劍聖與十級魔法師，對方肯定是十二級以上的魔法師！

身爲劍聖，哪怕是十三級魔法師，豪閃也有信心將其斬殺，但前提在於對方願意正面戰鬥。如果對方採取從高空進行魔法轟炸、或是躲在暗處用魔法偷襲之類的卑鄙戰術，豪閃頂多只能自保，這就是戰士與魔法師的區別。

眼前情況正是豪閃最不擅長應付的場面，哪怕有克莉絲蒂從旁協助，也無法扭轉劣勢。

「咕哦哦哦哦哦哦哦！可惡啊啊啊啊啊啊啊啊——！」

不管豪閃再怎麼怒吼，泰爾倫斯與魔族俘虜依舊不斷上升。再這樣下去，對方肯定會得逞，而且此事也將成爲他人恥笑自己的題材。

就在這時，天空突然出現爆炸般的巨響，同時一道黑影從復仇之劍要塞爆射而出，以驚人的速度衝向雲渦中心。

黑影的眞面目——正是智骨。

被黑穹全力丟出去的智骨速度突破了音速。先前那道巨響，正是他突破音障產生的音爆。

骷髏法師超越了音速，也突破了龍捲風的厚實風壁，成功進入雲渦中心，見到了隱藏其中的人物。

那是一顆閃耀著湛藍光芒的巨大球體，智骨一眼就看出那是元素傀儡。

「你——」

元素傀儡發出驚訝的聲音，還沒來得及說完，便被智骨撞上了！

智骨與元素傀儡的碰撞引發劇烈爆炸，元素傀儡化爲漫天藍色光點，法術也被打斷。智骨則是因爆炸而彈飛，然後在重力作用下墜落地面。

智骨在空中揮舞手腳，可惜他既沒有翅膀，也不會飛行法術，因此只能一直向下掉。中途他感覺自己好像摸到了什麼，所以像是溺水者抓住稻草一樣，拚命抓著那個東西不放。

最後智骨終於墜落地面，一股巨大的衝擊貫穿他的全身。

——於是，所有人都看見了那一幕。

在眾人束手無策之際，一名黑髮男子飛入雲層，引發爆炸，漂亮地粉碎了龍捲風。

但是，泰爾倫斯與魔族俘虜仍在緩緩上升，彷彿有隻無形的大手托住了他們。

這時，那名黑髮男子從天而降，並且抓住其中兩名魔族俘虜，以無比強硬的姿態撕裂了那隻無形之手。最後，他成功帶著魔族俘虜降落地面。

黑髮男子模樣極爲狼狽，鎧甲與衣服變得破破爛爛，腰間佩劍更是斷得只剩半截，可見剛才在雲裡的戰鬥究竟有多麼激烈。落地之後，黑髮男子一直維持著單膝跪地的姿勢動也不動，讓人不禁擔心他是否已不醒人事，甚至當場死亡。

眾人屏住呼吸，緊張地注視那道沉默的身影。

時間在這一刻似乎靜止了。

一秒。

兩秒。

三秒。

黑髮男子仍然沒有動靜，眾人心中的緊張逐漸化爲哀傷，有人甚至流下了眼淚。爲了奪回戰俘，爲了追求正義，爲了挑戰暴權，一名值得尊敬的勇者挺身而出，並且就此逝去。

然後，奇蹟發生了。

就在眾人以爲黑髮男子已死之際，他緩緩站了起來。

不可思議的氛圍充斥四周，眾人眼中閃耀著難以置信的光彩。下一瞬間，有人忍不住舉手發出歡呼。這道歡呼就像會傳染似地，人們紛紛爲黑髮男子獻上眞心的喝彩。

英雄，就此誕生。

墜地瞬間，智骨的意識因巨大衝擊而消失了數秒。

幸運的是，高空墜地的撞擊力不足以令智骨粉身碎骨。與黑穹的拳頭相較，這種程度的傷害尚在可以承受的範圍。

很少人知道，如今的智骨究竟有多耐打。

當初夏蘭朵製造智骨時，爲了因應智骨未來可能遇見的職場暴力，幫他進行了特別強化。上次魔界觀察團事件後，夏蘭朵又幫智骨進行了二次改造，使他的堅硬程度更上一層樓，而這正是黑穹選擇扔出智骨的原因。

承受音爆、貫穿龍捲風、撞擊元素傀儡，最後再高空墜落，上述這些傷害累加起來，哪怕是魔族伯爵也要重傷，但智骨卻完好無損。如果換成其他三名副官，早就變成一堆支離破碎的肉塊了。

智骨恢復意識後，一時之間搞不清楚自己是誰、這裡是哪、剛才發生了什麼事，但他很快回過神來，重新理順混亂的記憶。

他爲什麼被黑穹丟出去？

——爲了救出被俘虜的魔族同胞。

被俘虜的魔族同胞在哪？

——在自己手上。

他現在該做什麼？

——廢話！救人啊！

他是不死生物，從高空墜落沒事，但一般的超獸軍團士兵絕對沒這本事。就算是克勞德，被摔上這麼一下也會全身骨折，更別說是傷痕累累、精疲力盡的士兵。

「喂！沒事吧？還活著嗎？」

智骨連忙把地上兩名魔族翻過來，確定他們的生命跡象。不幸的是，其中一人已當場死亡，幸運的是，另一人仍然活著。

智骨不禁鬆了口氣，然後開始確定對方究竟是哪支魔族。

魔獸、幻獸、妖獸、奇獸、邪獸……超獸軍團聚集了各式各樣的獸類與半獸類魔族，就算是黑穹，也搞不清楚麾下士兵究竟來自哪個種族。幸好智骨爲了做好副官的本職工作，曾下過一番苦功，記住了超獸軍團成員的來歷。

智骨抹去對方臉上的血跡，認眞端詳。

然後——

「……你誰啊？」

——對著外形如豬似虎、感覺似曾相識的災獸，智骨困惑地問道。

Epilogue

這是一座用奢華來形容仍略顯不足的巨大殿堂。

殿堂內以白色爲基底，再用各色寶石裝飾與點綴，每根柱子上都刻著四大神的神話，天花板用奇特的結構造出深邃的幾何形花紋，地毯以災獸毛皮編造而成，巨大的水晶吊燈閃耀著柔和的魔法光輝。各式各樣的昂貴藝術品擺放在每一處角落。

如果有優秀的歷史學者在場，可以看出這座殿堂同時集結了人界五大國的文化與技術，絕非單一國家能夠完成。

大議場——這就是這座巨大殿堂的名字。

這是爲了應對魔界侵略，人界諸國共同建造的議事場所。它在四百年前第一次兩界大戰時落成，並於戰爭結束後廢棄。直至第二次兩界大戰爆發，這座建築物才重新修繕啓用，或許是爲了彌補四百年來的忽視，新的大議場比以前豪華百倍。

「既然有錢蓋這種東西，爲什麼不多增加前線的軍費？」

曾有人提出這樣的質疑，但那樣的聲音很快就被讚美浪潮淹沒。大人物們極力稱讚這座建築物的內涵與意義，並將批評者視爲魔族的幫凶。時至今日，已經沒人敢質疑大議場的神聖與偉大。

這一天，大議場久違地召開了會議。人界五大國的代表全都出席，其他國家的代表則一個也沒見到。

「關於魔族的審問結果，各位都已經知道了吧？」

說話的是人類之國．神聖黎明的代表。他是一名充滿貴族風度，留著優雅鬍鬚的中年男子。

就在上個月，位於最前線的復仇之劍要塞向大後方送回了一名魔族戰俘，這件事引起不小騷動。畢竟這可是人界軍首次捕捉到活生生的魔族，就連四百年前的第一次兩界大戰也沒做到此事。

在那之後，五大國爲了爭奪俘虜爭執了好一陣子，最後達成共同看管的協議。此外，五大國也一起派出了審問官，想從俘虜身上挖出有用情報。

人類當然不懂魔族的語言，這時就輪到魔法上場了。

如果要問什麼樣的魔法才能最有效率地獲取情報，自然非精神系魔法莫屬了。

誠然，這種魔法在各國是被明文禁止的，各國也曾聲稱自己絕對沒有掌握或研究這種魔法，然而五大國所派出的審問官全都是精通精神系魔法的高手。這種諷刺的情況，大家全都極有默契地視而不見。

關於魔族的共同審問報告，五大國也都得到了一份。

報告內容非常驚人，五大國的軍部在研究之後，得出了相同結論——有望奪回正義之怒要塞！

「不要再說廢話了，大家時間寶貴，麻煩直接講主題。」

矮人之國．火圖的代表一臉不耐煩地說道。此人衣著是在場眾人中最華麗的，理由可從他的姓氏窺見一斑。炎金一族的人，絕不能在任何排場上丟臉。

「沒錯。軍情緊急，機會稍縱即逝。諸位究竟有什麼打算？」

接著出聲的是獸人之國．卡蘇曼的代表。他是文官的一員，這是因爲武官對這種「只會坐在桌子前面賣弄唇舌」的事情沒興趣。

此話一出，眾人盡皆沉默。他們一邊研究眼前的茶杯花紋，一邊用眼角餘光觀察其他人。就連先前喊著軍情緊急的獸人代表也一樣，彷彿軍情又變得不緊急了。

所謂的外交談判就是如此，沉不住氣的、演技不佳的、臉皮不夠厚的傢伙，勝任不了這個工作。

「……我國希望在近期之內反攻正義之怒要塞。」

過了一會兒，侏儒之國．巴爾哈洛巴列哈斯的代表率先開口。或許是打算賣個台階給眾人下，也或許另有打算，無論原因爲何，這位年老侏儒總算打破了沉默。

「我國也是如此。」

附和的是精靈之國．世界樹的代表。她是在場五人中唯一的女性，武力卻是諸人之冠。

「呵，在出兵之前，你們最好先解釋一下關於那位泰爾倫斯．月蔓的事情。我們可不想跟魔族打仗的時候，背後莫名其妙地被人捅刀子。」

「正是如此。希望你們能盡快說明此事。」

矮人代表立刻語帶譏諷地說道，人類代表也跟著附和。泰爾倫斯囚禁阿提莫與波魯多一事，乃是極其嚴重的外交事件。

「這是兩回事，不要混爲一談。我們也希望早日出兵，早日奪回正義之怒要塞，爲世界帶來和平。我想兩位也是如此吧？」

獸人代表連忙幫精靈代表緩頰，畢竟豪閃也有參與囚禁事件，而且還負責動手。

人類代表與矮人代表對望一眼，然後緩緩點頭，表明他們也願意出兵。

就這樣，人界五大國一致通過關於反攻正義之怒要塞的議案。

💀💀💀

漆黑的空間中閃耀著九色星辰，虛無的世界裡流淌著無形的意念。

「五大國已經決定出兵。」

「我等的計畫完美無缺。」

「雖然多少有些波折，但結局依舊沒有脫離我們的規劃。」

對於這次的行動結果，有人深感滿意，但也有人提出批評。

「但是付出的代價太高了。不僅動用了大量人脈與資源，連剩餘的寶貴火種都損失大半。」

「重新培養火種需要時間，皇冠計畫的進度至少會落後五年。」

所謂的皇冠計畫，乃是眞理庭園最爲核心的研究，只有在場九人有資格得知內情。眞理之核的超高計算能力，至少有一半都用在皇冠計畫上。

「那樣的損失也在預期之中，畢竟只有奪回基地才能繼續培養火種。」

「預期之中？是『幾乎快要超出預期的損失』吧？與過去相比，眞理之核最近的提案實在無法讓人滿意。」

「這也沒辦法，畢竟眞理之核對魔族的認識有限，難免會產生誤判。只要累積更多資料，就能避免這類的意外損失。」

「同樣的理由我已經聽了很多遍。我想說的是，只要事關魔族，就先別動用眞理之核了，既然需要累積資料，那就讓它持續累積就好，等預測準確率提高到理想值再使用。」

「很有道理，但那也是以後的事了。接下來是最後一戰，也是最重要的一戰。我們不能捨棄眞理之核的預測。」

「沒錯，至少在人界軍這邊，眞理之核的預測絕對值得信賴。扶持有能力的將領，讓他們統率軍隊，才有奪回正義之怒要塞的可能。」

第二次兩界大戰期間，人界軍士兵的表現確實稱得上驍勇善戰，但指揮系統卻只能用一場糊塗來形容。究其原因，在於五大國軍隊互不統屬，各自爲戰，一旦戰情出現變化，便無法立刻做出有效應對。

正義之怒要塞的陷落就是最好的例子，當要塞大門被攻破時，如果眾人拚死奮戰，還是有擊退魔界軍、成功守住要塞的機會，但矮人軍隊的指揮官卻率先撤退，導致其他部隊士氣崩潰。

無論是後續的反攻作戰，或是復仇之劍要塞的建設管理，這樣的情況依舊沒有改變。五大國的上層沒有學會教訓——或者說，就算他們知道原因，也無法做出改變。

所謂信賴，本來就不是一朝一夕能培養出來的東西。長年的敵對歷史與複雜的利益糾葛，更令五大國無法誠心攜手合作。

然而眞理庭園不同，潛伏於暗處的他們沒有那些無聊的顧忌。針對正義之怒要塞反攻作戰的人事布局，眞理庭園早已暗中進行多時，現在正是動用那些棋子的時候。

「那麼，最重要的問題在於──我們準備的反攻計畫，確定不會出錯吧？」

「根據眞理之核的預測，奪回正義之怒的機率高達九成。」

「天氣、地理與人事都在我們掌握之中，豈有失敗之理？」

「前兩次就是因爲我們太過遲疑，局勢才會惡化到如今的地步。這次我們絕不能再犯錯。」

第二次兩界大戰中，眞理庭園曾有兩次介入機會。

第一次是五大國達成協議，主動攻入「門」的時候。如果眞理庭園當時插手，破壞這場協議，後來那些事也不會發生。

第二次則是魔界軍攻打正義之怒要塞時，如果眞理庭園出手協防，正義之怒要塞也不至於失陷。

那兩次都是因爲眞理庭園不願浮上檯面，讓別人察覺他們的存在，但現在情況不同了，爲了解放研究基地，有些風險不得不承受。

「那麼，還望諸位一起努力，奪回我們應有的未來。」

「「「爲了窮究眞理！」」」

響亮的口號迴盪於意識空間，九色星辰的光輝變得更加明亮。

💀💀💀

黑色影子從天空往下俯衝。

如果從地面仰頭觀察，只能看到一個如針尖般大小的黑點，但隨著時間經過，黑點逐漸擴大到令人驚訝的尺寸。

黑影突破了正義之怒要塞的一萬公尺高空警戒線，值班的空巡部隊大吃一驚，正當他們準備前往攔截對方時，有人察覺到那抹黑影的真面目，於是立刻轉頭飛走。其他空巡士兵的反應雖然慢了一拍，但也做出同樣決定。

雖有怠忽職守之嫌，但這不能怪他們。畢竟對方可是惡名昭彰的天空災厄，心情不好就會連友軍一起屠殺的超獸軍團長。

黑穹有如流星般直衝地面，明明離地面越來越近，她的速度卻絲毫沒有減慢，乍看之下就像是在自殺。

就在距離地面大約五百公尺時，黑穹的身體突然發光。下一瞬間，巨大的黑龍消失了，取而代之的是一位留著黑長直髮的嬌小少女。

「天崩流星腳——！」

伴隨著可愛的嬌喝聲，黑色流星墜落大地。

低沉的巨大爆鳴聲轟然炸裂，恐怖的衝擊波橫掃四方，將附近樹木與建築物全部吹飛，地面被撞出又大又深的坑洞，少女單膝跪在坑洞正中心，渾身冒著淡白色的熱氣。

「……果然，這樣做的破壞力會更強。」

黑穹跳出大坑，一邊看著被自己破壞的景色，一邊滿意地喃喃。

「很好，成功超越了原版的招式。以後就叫它『眞・天崩流星腳』！」

所謂的「天崩流星腳」，是一部名爲《蒼空武鬥傳》的人類小說裡的主角絕招。

黑穹相信那是人界高階戰士的個人傳記，她不僅把小說裡的那些招式當眞了，而且還設法重現。

「不對，既然威力超越了原版，名字也應該要脫離原版……流星……龍……龍怒流星腳……邪龍殞星腳……超崩天裂龍閃腳……」

黑穹雙手抱胸，思考什麼樣的名字聽起來才又帥又強。

「……在考慮那種事之前，麻煩先解釋一下妳攻擊司令部的理由。」

黑穹背後傳來一道充滿無奈的聲音，轉頭一看，說話者是一名有著暗金雙眸、髮色金紫相間的美少年。

「啊，司令官，午安。」

「午安，然後請回答我剛才的問題。」

「那個呀，原本我是打算急停降落的，可是途中突然靈光一閃，想到要是就這樣變成人形加速墜落，新招式的威力會不會變得更強？實驗很成功。」

「那眞是太好了——妳以爲我會這麼說嗎？要試新招給我去別的地方試！突然發生爆炸，我還以爲人界軍打過來了！」

「放心，要是人界軍眞的打過來，你會先收到我的警告。」

黑穹得意地撩了一下自己的長髮。

「畢竟我已經跟人界軍高層搭上關係，隨時都能打聽到機密情報嘛。」

「這跟那個是兩回事！我的意思是要妳別再攻擊司令部！」

「我沒有攻擊，只是在試驗新招式。」

「那也一樣！要試回妳家演習場試！是說妳怎麼又跑回來了？」

正因爲黑穹經常胡鬧，所以魔界軍諸高層才會決定把她扔到敵陣執行間諜作戰，免得老是被煩，沒想到黑穹仗著自己的超高機動力，三天兩頭就飛回來，反而給要塞的警衛工作增添不少困擾。

「因爲那個快沒了。就是上次說的那個，準備好了嗎？」

「用得太快了吧！上次不是才給妳一批？」

「這代表我們的計畫進行得很順利。別囉嗦了，快點給我，那邊還在等呢。」

「嘖，跟我來。」

雷歐轉身走進司令部，黑穹立即跟上。

「對了，智骨說上次那批貨效果不太好，這是怎麼回事？」

「因爲那批貨經過了十倍稀釋。」

「幹嘛要稀釋！我們拿到之後又稀釋了十倍，難怪效果會差！」

「廢話！那個是一級管制品！要是不稀釋，我哪來那麼多貨給妳？」

「不是跟魔界申請新貨了嗎？」

「那種東西怎麼可能說有就有？神殿妳家開的嗎？」

面對黑穹的質問，雷歐沒好氣地回答。

兩人口中的貨並非什麼危險的違禁品，而是魔界治療藥水。由於智骨的奇思妙想，魔界治療藥水變成間諜情報網的重要媒介，消耗量極大。

「我後來叫桑迪想辦法，他弄出了一批效果跟魔界治療藥水很類似的東西。妳拿去試看看。」

雷歐走到某個房間前，用鑰匙搭配魔法的複雜手續打開了門。房裡堆了數十個大木箱，黑穹打開其中一個箱子，裡面放著一包又一包藍色粉末。

「就是這個？」

「就是這個。沒有治療效果，但是精神會變得很好。至於對身體會不會造成負擔，這點還沒試驗過。桑迪說了，要是妳幫忙記錄數據，可以給妳打五折。」

「竟然要收錢！而且爲什麼是我出！」

「要貨的是妳，當然是妳出錢。」

「這是爲了執行作戰，當然要報公帳！」

「帳做不平啦！誰教妳當初要用治療藥水的？那玩意兒貴得要命，預算早就不夠了！」

兩人爭執了好一陣子，最後總算談妥價錢。黑穹將箱子全部收進次元口袋，雷歐則是小心收好黑穹簽下的借據。

就在這時，一股恐怖壓迫感突然降臨。

雷歐與黑穹先是身體一震，接著兩人同時衝出司令部，然後變回魔族原形，朝「門」的方向飛去。

雷歐與黑穹速度極快，沒多久就趕到了「門」的位置。

「門」外的半空中飄浮著一頭小小的有翼生物，那股壓迫感的源頭正是來自於牠。雷歐與黑穹一見到那頭小小生物，忍不住叫了出來。

「霸龍大公——？」

「爸爸——？」

《明明是魔族的我，爲什麼變成了拯救人界的英雄？ vol.4》完

黑穹魔法講座

超獸軍團長黑穹其實也會魔法，只是因為嫌麻煩，所以平常大多採取物理手段。
現在我們請她展示一下自身的魔法水準，以最常見的火球術為例。
步驟一：集中精神。
吸——

步驟二：吟唱咒文。
你他×的去死啊啊啊啊啊啊啊啊！

Boooooom!!

後記

在連日趕稿以致眼神死掉的狀態下，我開始著手寫這篇後記。

這是第四集，而本系列預計只有五集，所以下一集將會喜聞樂見的完結篇。至於為什麼都快要完結篇還冒出新角色，這點還請不要深究。畢竟所謂的創作者，就是為了給作品增添趣味性，什麼亂七八糟的事情都做得出來的任性生物（問題發言）。

看到這裡的讀者，不知道這一集有沒有為你帶來愉快的閱讀感呢？如果有的話，我會覺得很高興。

欸？如果沒有的話？

……那個，今天的天氣不錯，我們來聊聊關於經濟的話題吧。

說到經濟，最近我久違地跑去速食店買東西吃了。泡麵雖然方便又便宜，但人是不能永遠靠泡麵過日子的，偶爾也要奢侈一下，吃點價格超過三位數新台幣的東西不是嗎？抱著這樣的心態，我走進速食店的大門。

漢堡的味道果然一如往昔，但尺寸為什麼少了三分之一？這是什麼魔法？價格明明比以前還貴，為什麼份量比以前更少？是因為人類長期以來破壞環境，令小麥與牛肉減產嗎？這就是大自然的反撲？果然人類是不必要的害蟲，應該從地球上被根絕嗎？人類滅亡的預言究竟什麼時候才會實現呢？宇宙膨脹與通貨膨脹，哪個的速度更快？酷拉皮卡下船了嗎？柯南到底會不會完結？魯夫究竟要開到幾檔才罷休？

……就這樣，我一邊啃著漢堡，一邊思考各式各樣的深奧問題。我的精神彷彿得到了昇華，我的境界似乎獲得了超越。當我從速食店走出來時，我領悟到了——果然我還是應該吃泡麵的。

下一集將是最後一集，希望各位也能繼續支持。

天罪

明明是魔族的我，為什麼變成了拯救人界的英雄？vol.5

◇◇◇

下集預告

平靜的時光終會結束，
戰爭的鐘聲即將敲響。

面對瀕臨爆發的人魔兩界大戰，
智骨將如何成為戰場上最閃耀的明星？

魔族拯救人界的怪奇物語，
終於要畫上句點，絕不能錯過哦！

人魔兩界的精彩終章！
～2024 國際書展，敬請期待～

國家圖書館出版品預行編目資料

明明是魔族的我，爲什麼變成了拯救人界的英雄？
/ 天罪 著.——初版. ——台北市：魔豆文化出
版：蓋亞文化發行，2023.11
冊； 公分.（Fresh；FS215）
ISBN 978-626-97767-5-7（第四冊：平裝）
863.57 112017197

fresh FS215

明明是魔族的我，為什麼變成了拯救人界的英雄？ vol.4

作　　者　天罪
插　　畫　@ichigo
封面設計　木木lin
責任編輯　林珮緹
總 編 輯　沈育如
發 行 人　陳常智
出 版 社　魔豆文化有限公司
發　　行　蓋亞文化有限公司
地址：台北市103承德路二段75巷35號1樓
電話：02-2558-5438　傳真：02-2558-5439
電子信箱：gaea@gaeabooks.com.tw
投稿信箱：editor@gaeabooks.com.tw
郵撥帳號 19769541　戶名：蓋亞文化有限公司
法律顧問　宇達經貿法律事務所
總 經 銷　聯合發行股份有限公司
地址：新北市新店區寶橋路二三五巷六弄六號二樓
電話：02-2917-8022　傳真：02-2915-6275
港澳地區　一代匯集
地址：九龍旺角塘尾道64號龍駒企業大廈10樓B&D室
電話：+852-2783-8102　傳真：+852-2396-0050
初版一刷　2023年 11月
定　　價　新台幣 260 元
Published and printed in Taiwan

ISBN 978-626-97767-5-7

魔豆

魔豆